U0904247

吴姐姐讲历史故事

吴涵碧◎著

西汉・东汉・魏

前206年～264年

新世界出版社
NEW WORLD PRESS

东方朔（前 161 ~前 93 年），字曼倩，汉武帝时汉赋大家，却以滑稽多智名闻青史。他以眩目的自介获得汉武帝接见，又以恶作剧得到汉武帝顾看，并因此位列朝班。一次朝廷分肉，分肉官员久久未至，东方朔就自顾自割肉回家，武帝命他自辩，东方朔声称：“我拔剑割肉，如此豪壮；割肉不多，何其清廉；以肉奉妻子，多有情义。”武帝大悦。图为东方朔拔剑割肉，清任熊绘。

——见《滑稽有趣的东方朔》，第 31 页。

* 图注内容皆出自《吴姐姐讲历史故事》——编者注

苏武牧羊，清代年画。苏武奉汉武帝命出使匈奴，匈奴见他忠勇，派人劝降，苏武抵死不从，匈奴便让他在北海牧羊，称“公羊生小羊”，才放他回汉。后来李陵兵败降匈奴，告诉他已然家破人亡，又对他说：“人生如朝露，何必如此自苦？”苏武也不为所动。后来终于回到汉朝。苏武在匈奴前后凡十九年，去时方当壮盛，归时白发苍然。苏武并不知自己会名垂青史，他只是本着自己的良知，去爱自己的国家。

——见《苏武的故事》，第53页。

昭君出塞，清倪田绘。王昭君，名嫱，汉元帝宫人，生性高傲，不愿以财货贿画工，画工毛延寿为昭君画像时，故意丑化，昭君因此未能得到元帝宠幸。匈奴请求和亲，元帝随意点派昭君出塞，临行时，元帝召见，见到昭君绝代风华，又悔又怒，杀毛延寿泄愤，但昭君出塞已然不能挽回。此图题为“一望关河萧索”：一身胡服穿戴的昭君，伫立旷野，举首凝望南归雁阵，神态黯然。此一去，昭君终老匈奴，再未能回到故里。

——见《正史中的王昭君》，第 82 页。

刘秀（前 6 ~ 57 年），佚名绘。字文叔，东汉开国皇帝，汉高祖九世孙，南阳郡蔡阳县（今湖北枣阳）人。刘秀才兼文武，豁达有大度，长于用兵，每能以少胜多，出奇制胜。王莽末年，与长兄在家乡起兵，后加入绿林军，昆阳之战，以弱当强，尽破王莽主力。后奉绿林军首领更始帝命，巡行河北，破河北各路势力，废王莽苛政，河北因之粗定。更始三年（25 年）称帝，定都洛阳，平灭绿林、赤眉及各路豪强，于建武十二年（36 年）统一中国。

——见《更始帝刘玄》，第 95 页。

文姬归汉，南宋陈居中绘。蔡文姬即蔡琰，东汉著名学者蔡邕的女儿，幼聪敏，通音律。蔡琰所处年代正值东汉末年，中原大乱，蔡琰为匈奴所掳，在胡地一十二年，嫁胡人，育胡儿，后被曹操重金赎回。蔡琰归中原后，做《悲愤诗》，将生平悲苦幽愤，注于其中，言辞感人至深，是中国文学史上了不起的叙事诗。蔡琰是大纷乱时代悲惨的牺牲者，是“覆巢之下无完卵”的沉痛注脚。图中为蔡琰回到中原时的情形。

——见《一代才女蔡文姬》，第 138 页。

三顾草庐，明戴进绘。东汉末，刘备驻兵新野，听当地士人说诸葛孔明有经天纬地之才，便与关羽、张飞前往探访，直到第三次方才见到。见面后，刘备恳切求教，诸葛亮也以平生所学，为刘备廓开大计，给他后来的发展指明方向，并在刘备再三恳请之下，出山相助，终于助刘备开一代帝业，也成就一段君臣奇缘。图为刘、关、张三人第三次探访诸葛亮的情形。

——见《诸葛孔明“隆中对”》，第 158 页。

目录

吕后吓傻了自己的儿子

吕后是汉高祖刘邦的皇后，汉高祖平定天下之后，这时的吕后年老色衰，而且性情刚烈，脾气暴躁，渐渐得不到高祖的宠爱了。

碰巧这时的汉高祖，找到一位新的妃子——戚姬，不但年轻貌美，同时知书达礼，歌唱得动听，舞姿也特别曼妙，很得汉高祖的欢心。

戚姬为汉高祖生了一个儿子，名叫如意，封为赵王，非常聪明，汉高祖很疼他，也很想用如意代替吕后所生的刘盈为太子——汉高祖认为太子盈太过软弱，将来不能做个好皇帝。然而，朝廷的群臣都反对无缘无故更换太子，此事只好作罢。吕后固然松了一口气，从此对戚姬更加愤恨。

戚姬知道更换太子不成的事后，哭得眼泪汪汪，她一边抹泪一边哽咽地说："我并不是一定想这么做，完全是因为我们母子的性命都捏在皇后的手里。"

汉高祖也很难过，他安慰戚姬："朝臣全都反对，就是勉强更换太子，对如意更加危险，我慢慢再想办法，绝不会让你吃亏。"

事实上，汉高祖也想不出什么妥当的办法，烦闷的时候，两人抱头痛哭，虽然贵为皇帝，有许多事情也没有办法控制啊。当他在世时，吕后当然不敢怎么样，可是一旦汉高祖归天了，吕后岂能放过戚姬?

不久，汉高祖死了，太子盈即位，是为汉惠帝。吕后当然做了

汉代舞女俑，西安市白家口出土。

太后，惠帝软弱无能，政治大权都操在吕太后手里。

汉高祖刚过世不久，吕后立刻派人把戚姬漂亮的满头乌发拔光，穿上囚犯穿的红色囚衣，把她关在一个小房间里，强迫她舂米。娇滴滴的戚姬，哪里吃得了这种苦，她一面舂米，一面哭着，并且唱道："子为王，母为虏，终日舂，薄暮（傍晚）常千里，谁当使告汝。"

意思是说，希望她远在赵国的儿子如意，能知道母亲正在遭受折磨。

戚姬自艾自怨的低唱传到了吕后耳里，吕后大为不高兴，她冷笑道："这死人还想靠儿子吗？呸！"于是，用计把赵王如意骗到了京城。

汉惠帝心肠好，性情仁厚，和吕后大不相同，看见戚姬日夜舂米受苦，非常同情。心里想，赵王如意到了京城，还有命吗？因此，惠帝不等吕后的命令，亲自乘车到郊外接这同父异母的弟弟。

吕后看到了赵王，恨不得立刻下个命令："推出去斩了！"但是碍于惠帝在旁，不便当场发作，只好等机会再下毒手。

到了惠帝元年十二月的一天，惠帝早上起来想去打猎，看到如意睡得正甜，嘴旁还有一丝笑意，想来正在做好梦。惠帝不忍心叫醒弟弟，一个人独自去了。回来一看，如意已死在床上。

惠帝抱着尸体哭得天昏地暗，有人说是被勒死的，也有人说是被灌了毒药。惠帝心里有数，这幕后主使人正是母后，所以也不能调查追究。

吕后为了要惠帝晓得自己的厉害，有一天，她派一个太监带惠帝去看人彘（zhì）。太监领他到厕所一看，哇！好恐怖！只见一个人的身体，没有手，没有脚，眼睛里也没有眼珠，剩下两个血肉模糊的黑窟窿，身子还能动，嘴张得大大的，却发不出声音。

惠帝看了，吓得用手蒙住眼睛缩回来，他问太监："这是什么？"

原来是戚姬被吕后斩掉了手脚，挑出了眼珠，熏聋了耳朵，用药弄哑了喉咙以后丢进厕所的半死的躯体，就是所谓的"人彘"。（彘，猪的别名。）

惠帝不禁失声叫道："好一位狠心的母后！"说完，泪珠点点滴下，默默走入卧房，躺在床上。从此不吃不睡，又哭又笑，后来吃了许多药才清醒过来。从此，惠帝的身体一天比一天虚弱。吕后很后悔派人带他看人彘，但她对害死戚姬母子的事，认为是理所当然，因此后世的人都骂吕后阴狠。

“萧规曹随”的由来

汉朝初年萧何为相，他在临死以前，推荐曹参继任为丞相。

曹参和萧何一般，同样是汉高祖刘邦在沛县的老部下，作战很英勇，曾经受伤七十多次。因此，在汉高祖平定天下以后，许多将领都以为曹参该居功首位，但是汉高祖却把萧何的位置排在曹参上面。曹参心里酸溜溜的，很不是味道，极不情愿地去当齐相。

他听到萧何去世的消息，立刻教手下人收拾行李，订做新衣。手下人问他要去哪里，他自信地说：“我要到京城当丞相去了。”

手下人都不相信，因为人人都知萧何与曹参不合，但也不敢不为他准备。果然过了不久，朝廷派使者来了，大家都很惊异曹参料事如神，同时也为萧何顾全大局，不计较个人恩怨而赞美不已。

曹参当初为齐相时，就把齐国治理得井井有条，他还曾特别召集齐国一百多位儒生，询问他们对治理政事的看法，结果各说各话，叫他大伤脑筋。

后来听说在胶西地方，有个叫盖公的老先生，学问很好，曹参差人备了一份厚礼去请盖公。盖公平日专门研究黄帝、老子的思想，他认为治国要采用黄老学说，以清静无为，不扰百姓为原则。

曹参非常佩服盖公，把家中的正房大厅让给盖公住，自己退到一旁的厢房，任何大事都找盖公商量。果然，他做了九年的齐相，个个都夸他是贤相。这会儿他接任全国之相，也依旧准备采用黄老治术。

当时朝臣们都惶惶不安，在他们看来，萧何、曹参既有前怨，曹参一上任，一定会有人事上的大变动，换上一些他自己的心腹。没有想到曹参上任后，一点儿也没有更动，而且还张贴布告说：“一切概照前相国旧事办理。”朝臣们看了都宽心不少，纷纷赞扬曹参的度量大。

过了不久，曹参把一些欢喜惹是生非的人免职，调派老成持重，不喜多言的人担任，他自己则一天到晚喝酒作乐不理政事。

有几个部下看不顺眼，想提出建议，曹参便拉着他们喝酒，把他们灌醉，一提到政治，他就巧妙地闪开话题，不肯再谈下去，久而久之，朝臣们也学他的样儿，成天饮酒作乐，喝得醉了，又跳又唱，嘻嘻哈哈的。

从此，丞相府的后花园时时传出阵阵的酒香。曹参非但不禁止，还带头喝酒。

汉惠帝晓得了这件事，当然气得不得了。他正因为母亲吕后干涉过多，凡事不能作主而闷闷不乐，便对曹参的儿子曹窋（zhú）说：“你父亲天天喝酒，是不是故意讽刺我这个做皇帝的无能，天天只晓得喝酒。你问问你父亲看，他成天半醉半醒的，如何处理国家大

曹参，选自《历代名臣像解》。

事？可别说是我要你去问的。”

曹窋问了曹参之后，曹参大发雷霆，拿起板子便狠狠打了他两百大板说：“你晓得什么？要你多嘴。”

曹窋挨打了，立刻跑去报告汉惠帝，惠帝第二天便问曹参：“你为什么要打曹窋，是我叫他去问你的。”

曹参跪在地上一再谢罪，然后仰起脸问：“陛下自觉比得上先帝（汉高祖）吗？”

汉惠帝说：“我哪儿敢比？”

曹参又问：“陛下看我比萧何如何？”

汉惠帝说：“你似乎差远了！”曹参接着说：“既然如此，我们只要依照前人的规章去做便可以了，何必想其他的花样。”汉惠帝这才了解曹参的用心。

一个有为的政府，绝不可存着“多做多错，少做少错，不做不错”的消极态度，正如一个有出息的人也要时时求进步。然而，汉初人民久经战乱，很想过平安无事的生活，只要政府不找麻烦，便千谢万谢感恩不尽了。所以，曹参当了三年丞相，没有丝毫建树，民众却很称赞他，这就是成语“萧规曹随”的出典，但却不是做事应有的态度。

杰出的外交家——陆贾

陆贾是西汉时代的外交家，也是一个大思想家。

陆贾是楚国人，他是汉高祖刘邦手下一名年轻的将官。汉朝建立不久，南越王赵佗起兵作乱。由于老百姓连年苦于战乱，刘邦不想再出兵，便派遣陆贾到南越去谈判。

南越王赵佗原本是河北真定人，担任南海郡的龙川令，趁着秦末中国大乱，赵佗造反，并吞了桂林郡、象郡，自立为南越武王，嚣张得不得了。

赵佗对汉使陆贾的到来，虽然没有公开拒绝，却也不多加理睬。他大模大样地坐在堂上，头上不戴冠，身上不系腰带，叉开两只脚，像个粗人般怒视着陆贾。

陆贾也不跟他行礼，劈头便骂道："你本来是中原人，祖先的坟墓都还在真定。现在你竟然昧了良心，丢下了上国衣冠，还想拿小小的南越与大汉天子为敌，我看你啊，要大祸临头了。"

他一边说，一边摇着头，表示不屑的态度，丝毫无畏于赵佗身旁一个个杀气腾腾的侍卫，而且越骂越有劲："你想想看，皇帝在五年之间，铲平天下，完全是老天帮忙，你小子自不量力，还自称为南越武王，皇上一火起来，一定派人挖你的祖坟，杀尽你的亲族好友，再派十万大军镇压南越，看你怎么办？"

赵佗一开始就被陆贾的声势吓住了，再听他的话也不无道理，因此，乖乖接受刘邦封给他的"南越王"印信，向汉朝称臣纳贡了。

南越王赵眛印玺，广州市南越王墓出土，刻“文帝行玺”四字。

陆贾外交的成功，除了伶牙俐齿之外，最重要的是他有深厚的学问基础。有一次，陆贾在汉高祖面前谈到诗书。汉高祖听得很烦，便斥责他：“老子是马背上得到的天下，根本用不到什么狗屁诗书。”

陆贾立刻顶上一句：“马背上得到天下，难道你也要在马背上治理天下吗？”

汉高祖一想也有理，由于汉朝的开国功臣多半是屠狗卖布的生意人，缺少学问涵养，时时在朝廷上大吵大闹，发起酒疯来还拔剑砍柱子，简直不成体统。因此，汉高祖就命陆贾记述治乱兴亡的道理，共十二篇。陆贾每奏一篇，汉高祖便连声赞说：“妙！”左右大臣也群呼：“万岁！”这本书就是历史上有名的《新语》。

以后，高祖、惠帝相继死亡，吕后专政，陆贾不问政事，整天与昔日老友饮酒谈天。其实，他仍密切注意朝廷的一举一动。

有一天，他去看丞相陈平。由于陆贾是熟客，守门的也未通报，陆贾一直进了内室，发现陈平在低头叹气，他开口问道：“丞相有何忧思？”

陈平突然惊起，抬头一看是老朋友，才放心地请陆贾坐下道：“你说我有什么心事啊？”

陆贾不慌不忙地答道：“你位居上相，食邑三万户，享尽了富贵，还不免于忧愁，恐怕是为了太后专政吧！”

陈平急忙用食指在唇上比划道：“嘘，小声一点！”然后说，“你猜得不错，敢问有何妙计能使天下转危为安？”

陆贾答道：“天下安，注意相；天下危，注意将。只要将相和，何事不成？”

陈平面有难色，原来这时朝廷的大将绛侯周勃与他有前怨，两人不和已久，现在听了陆贾的话，决意与绛侯重新修好。陈平又拿了车马五十乘，奴婢百人，钱五百万缗（mín）送给陆贾，使他能在公卿间办外交，秘密相结合。凭着陆贾的游说，果然策动了许多朝臣，共同为保卫汉朝政权而努力。

吕后死后，外戚吕氏家族的败亡，陆贾也有很大的功劳。

汉文帝仁孝英明

吕后病死后，陈平与周勃发动兵变，扫除了吕家的势力。那么，应该由谁来继承王位呢?

由于吕后所立的王，都不是汉高祖的后代，没有资格做皇帝，最后大家公推代王刘恒。因为：一、他是汉高祖的儿子，年纪虽然比较大，但为人十分宽厚。二、他的母亲薄氏一家人都很善良，对政治没有兴趣，不会发生类似吕后干政的祸事。

代王恒接到消息以后，虽然觉得是一个自天而降的大喜事，却也不敢急忙动身。他先召集手下商量后，又去拜见母亲薄氏。薄氏当年在宫里吃过很多苦，深知宫廷内幕黑暗重重，不怎么赞成儿子当皇帝，但也不便阻止儿子的前程，于是答应了。

薄氏并非汉高祖宠爱的妃子，竟然老来交运，母以子贵。尤其代王特别孝顺，母亲生病时，亲自侍奉汤药，日夜不眠，大家都夸薄氏苦尽甘来。

代王入宫以后继位为汉文帝。说也奇怪，薄太后的遭遇是出于意外，而汉文帝的继后——窦氏也是反祸为福。

窦氏是赵地观津人，父母很早便去世了，只有两个兄弟相依为命，哥哥叫长君，弟弟叫少君。由于受到兵灾，没法维生，朝廷挑选秀女，窦氏长得很美，一应征立即入选，被召进皇宫伺候吕后。

不久，吕后分发宫女给各国国王，一国派五个。窦氏家乡在观津，因此她希望分到附近的赵国，拜托太监帮忙。太监答应，没想到临时忘掉了，改派到代国去。窦氏上路后才知道，一路上哭得天昏地暗。

没想到到了代国以后，却很受代王宠爱。后来代王王妃去世，她就继为王妃；代王这会儿又当了皇帝，立窦氏的儿子启为太子，窦氏便成为正宫皇后娘娘了，还把哥哥长君接到长安来。

窦氏与长君谈起小弟少君的事，长君哽咽地说小弟逃难时被人抢走，生死不明，兄妹两人都很难过。没料到，有一天她忽然收到一封信，是少君写来的，信中提到小时候和姊姊一起去采桑叶，不小心从树上跌下来的往事。

窦氏一回想，果有此事，连忙请求文帝派人把少君找来。文帝仔细盘问他的身世，当他说到："我和姊姊分手的时候，姊姊向邻舍讨了一点米汤，自己舍不得吃，一匙一匙地喂我，又帮我洗了个头。"窦氏一把抱住了少君说："你真是我的弟弟，可怜啊可怜，竟被人卖了当奴隶。"

汉文帝，选自《历代古人像赞》。

汉文帝心地善良，看到他们姊弟抱头痛哭的景象，鼻子也酸酸的，赐给他们一家人许多钱财好好过日子，又为他们请了好师长，教导做人处事的道理。由于文帝一家人都是好心肠，因此对老百姓特别的好，而且处事公平。

有一回，汉文帝到花园里去玩，看到园子里有许多野兽，他把园子里的管理人员找来，问他："这儿共有多少禽兽？"管理员一下被问住了，答不上来，倒是旁边一个小职员对答如流。汉文帝称赞道："这才叫负责任。"

回去以后，汉文帝便把那个小职员提升为上林令。有个侍从告诉汉文帝："能做事的不一定会讲话，会讲话的不一定能办事。"汉文帝听了觉得很有道理，就撤消了提升的命令。

由于汉文帝勤政爱民，又能采纳忠言，因此造成了后世所称道的"文景之治"。

少年才子——贾谊

贾谊是洛阳人，从小就有天才儿童的美誉，十八岁的时候他写的文章就已经远近知名了。汉文帝听说贾谊读书多，有才干，特别请他到京都去担任博士。

这个时候，贾谊才二十岁，朝廷的官员中数他最年轻。当时随同汉高祖起兵的老臣都是草莽粗人，长于上马杀敌，叫他们在大厅上文绉绉地讲话应对，还真是困难。因此，每当开会商讨国事，老先生们难以开口时，贾谊便为他们一一写奏章，满朝文武都夸贾谊是青年才俊，汉文帝更是赏识他，不过一年的工夫，提升为大中大夫。

贾谊又向汉文帝提议了许多事情，文帝也很赞成，本来还想拔擢（zhuó）他为公卿的，没想到丞相周勃大大反对，他曾批评贾谊“年少初学，经验不够，专想弄权，挑拨是非”，对贾谊的才能很嫉妒，更不能忍受贾谊的风头太健。文帝只好把贾谊派到长沙去当长沙王的太傅。

文帝派贾谊到长沙还有一个用意，他不能让诸侯们发现他想实施贾谊的“强干弱枝政策”，所以故意谪贬贾谊的官。

当时的汉朝建立了很多的藩国，这些藩国的力量都相当强大，时时准备造反，贾谊认为这种现象，是“汉朝像个生重病的病人，躯体衰弱，四肢浮肿，肿得脚胫（jìng）和腰一般大，手指和大腿一般粗”。四肢、手指比喻诸侯藩国，身体比喻汉天子。必须“强

贾谊，选自《历代名臣像解》。

干弱枝”，国家才有希望，因此他主张削弱地方的力量。

贾谊不晓得这是汉文帝用他的政策而放的烟幕弹，他很伤心地到了长沙，一直郁郁不乐。有一天，贾谊在书房里看书，忽然一只鵩（fú）鸟（小如鸡，像猫头鹰，古时以为不祥之鸟）飞进了他的寓所，瞪着贾谊看，样子十分安闲自在。江南人的迷信，认为这是一个不吉祥的恶兆。从此，贾谊更不开心，觉得寿命将尽，写了一篇《鵩鸟赋》宽慰自己。

直到他被贬以后的第五年，由于汉文帝想念他，才把他从长沙召回。

贾谊到了首都，恰好汉文帝祭过神，静静坐在宫室之中，等贾谊行过礼以后，就跟他谈起有关鬼神的事情。贾谊一开口便滔滔不绝，说得头头是道，汉文帝听得入神了，直到三更半夜才回宫入睡。回到寝宫后，汉文帝自言自语道：“好久没看到贾谊了，以为他的学问不及我，现在才晓得我还是差得远哩！”过了两天，派贾谊为少子梁王的老师。

贾谊满腔爱国的热忱，满肚子国计民生的大计，但是汉文帝一点儿也没问到，只谈些祭鬼神的事，贾谊很是失望。一直到千百年以后，唐朝的大诗人李商隐还为他叹息道：“可怜夜半虚前席，不问苍生问鬼神。”

一个有责任感的知识分子，不论是否有机会施展抱负，总是想为国家贡献一份心力的。贾谊虽然没有被重用，仍然很恳切地写了一篇《治安策》献上去，说国家现在诸侯难制、匈奴侵略是应该流泪的两件事；太过奢华，上下没有礼节，不重礼义廉耻等，是应该叹息的大事。这一篇《治安策》，写得有内容，又有感情，是我国文学史上古今传诵的宝典（又名《陈政事疏》）。

文帝的第十一年，梁王入朝拜见文帝，不小心从马上摔下来而死。贾谊身为梁王的老师，自怨没有尽到职责，整天以泪洗面，不久便去世了，死时才三十三岁哩。就连宋朝的王安石，也借用了两句我们常听到的杜甫的诗“出师未捷身先死，长使英雄泪满襟”，表达对贾谊的哀悼。贾谊虽然很早便死了，但他的爱国热情永远是青少年们的一个典范。

缇萦救父

在汉朝初年的时候，有个很有名的医生叫淳（chún）于意。他住在临淄（zī）城里，曾经跟一个叫做阳庆的人学医，把黄帝、扁鹊脉书及五色诊病诸法，都了解得一清二楚。由于医术高明，无论什么疑难杂症，经他一看，立刻痊愈。因此，前来求诊的人愈来愈多。

淳于意当初学医的时候，打定了主意悬壶济世，他不但不会乱敲病人竹杠，甚且有时遇到贫苦的病人，连医药费都全免了，所以日子过得很清苦。

他也曾做过一任太仓令，因为生性淡泊，不习惯官场生活，没有多久便辞职退隐，依旧过着朴实的生活。

由于他医术高超，收费又很低廉，附近的民众都称他为神医，而且到处宣传，因此，很远地方的患者也千里迢迢来求医。可是，淳于意的诊所太小，人手也不够，他从早到晚忙得饭也不能吃，觉也没有办法睡，还是应付不了络绎不绝的病人。

淳于意的小女儿缇萦（tí yíng），眼看着父亲再忙下去就要病倒了，好心地劝淳于意说："爸爸，你出去几天散散心吧，否则真要累垮了。"淳于意也实在吃不消繁重的工作了，于是出门去旅行。

没想到就在淳于意外出的时候，有个病人老远地前来治病，没碰到医生，不幸病重死掉了。

病人的家属心情恶劣，也很不讲理，硬说是淳于意不肯医治，延误病情，一状告上去，说他“借医欺人，轻视生命”。地方官是一个糊涂的县太爷，也没有问清楚案情，就判他一个“肉刑”。

由于淳于意做过县令，依法不能随便判刑，一定要上报皇帝，汉文帝便命令把他押往长安审讯。

淳于意受了不白之冤，心里难过极了。他沉痛地说：“这年头，真是好人难做，也怪我倒楣，一连生了五个女儿，没一个儿子，到了紧要关头，拿不出一点办法。”他的五个女儿听了非常难过，忍不住泪如雨下，尤其是平时淳于意最疼的小女儿——缇萦，更是哭得眼睛都睁不开了。

缇萦陪着父亲到了长安，她一路上都在想淳于意这句伤心话，也在想可怕的“肉刑”。

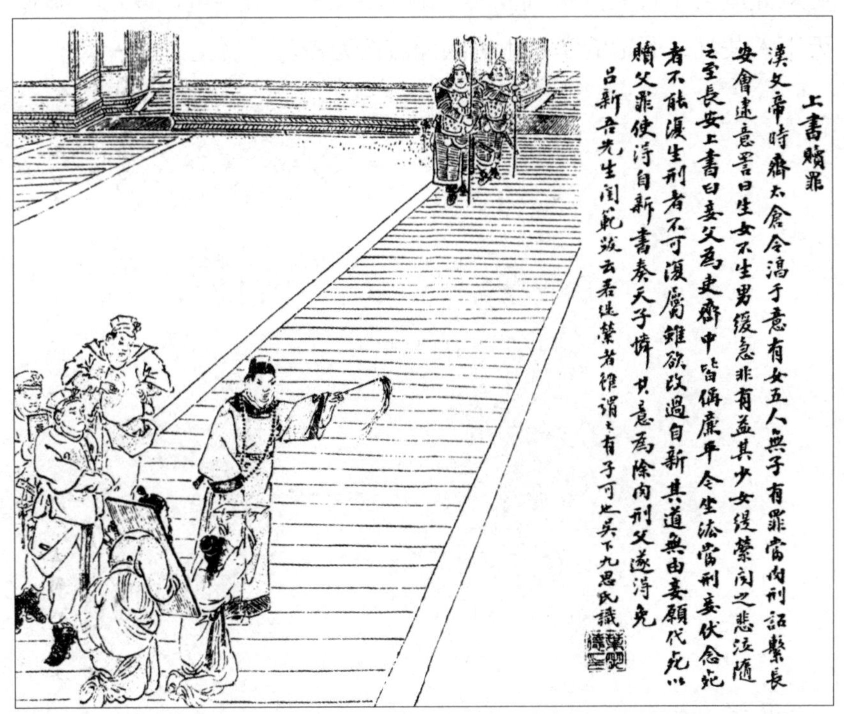

缇萦上书救父，选自《吴友如画宝》。

根据汉朝的法律，肉刑有三种：第一种叫“黥（qíng）”——在脸上刺字，让别人一看便知道这是犯人；第二种叫“劓（yì）”——就是割掉鼻子；还有一种叫做“断左右趾”——便是把足趾割去。不论哪一种都相当恐怖。有一天晚上，缇萦梦见父亲被割去了鼻子，哭丧着脸拖着脚步走来，吓得她跳起来大喊救命。

于是缇萦在情急之下，冒着生命的危险上书汉文帝，信上说：“我父亲当过县令，齐国人都称赞他廉洁、公平。现在，因为犯了法，要受到肉刑的处分。我很痛心人死了不能复生，受刑人不能再恢复原来的模样，就是想改过自新，也没有法子。我愿意做你的官婢，使我父亲有自新的机会。”

汉文帝非常感动，不但免了淳于意的罪，召他到宫中问医道，更从此废去了残酷的肉刑。一个弱小的女子，凭着她的孝心，竟使天下人蒙利，而她的孝心也更因而流传万古。

汉文帝中了新垣平的诡计

我们时常听到人家说，某一个乩（jī）童很灵验，或是某个算命的特别准。其实，这种事一点儿也不稀奇，都是骗人的把戏，远在古代便有了。

汉朝采用黄老学说，以清静无为，不扰百姓为原则。汉文帝一生都抱持这个主张，却也使一些骗子有了可乘之机。

在鲁国地方有个叫公孙臣的，他给汉文帝上了一篇报告，说依照金木水火土五行来看，汉朝是土德，不久会有黄龙出现。因此，请求改正朔，更换衣服的颜色为黄色。

汉文帝接到报告，拿给丞相张苍看。张苍说："不对，不对，汉朝应该是水德。"汉文帝也就没有再提。

不料到了汉文帝十五年，陇西地方纷纷传说有黄龙出现，虽然谁也没有亲眼看见，但传说得很厉害，一直传到了京城。

汉文帝竟然信以为真，把公孙臣看做异人，说他能够预知未来，实在太了不起了。马上召他为博士，并且更换衣服的颜色，还命令礼官准备郊祀大典，办得轰轰烈烈。从此，丞相张苍被冷落一旁，公孙臣愈来愈得宠。

出了一个公孙臣，自然有人看得眼红，不多久，第二个公孙臣出现了。

当时，赵国有个叫新垣（yuán）平的人，非常乖异，专门骗人，听说公孙臣正走红，也想去凑上一脚，他去学了几句术语，跑到长安城，请求见汉文帝。

汉文帝已经被这种事迷得昏昏沉沉，听说又有方士到了，马上请入皇宫。新垣平见过礼后，眼睛瞪着前方很严肃地胡扯："我远远看见一股瑞气，特别来向陛下道贺的。"

"噢，你看见了什么？"汉文帝听说有喜事，立刻很有兴趣地追问。

新垣平假装正经地回答："长安东北角的上空，听说是东北神明居住的地方。现在忽然有五色云彩出现，一定是五帝显灵保护，陛下应该在东北方造一座庙宇，让五帝居住，这样就可常保瑞气。"

汉文帝立刻派新垣平主持办理这件事。庙宇建在哪儿才合适呢？无所谓，反正是新垣平自己胡乱编造的。他出了东北门，走到了渭阳，装神弄鬼，装模作样地对天上望了半天，又对着天空自言自语讲了许多莫名其妙的话。然后，突然跳起来，朝空地一指："就是这里！"

庙盖好了以后，汉文帝亲自前往五帝庙祭祀。祭祀时，举起烟火，直冲云霄，新垣平就喊着说："你们看，瑞气！瑞气！"

汉文帝听了龙心大悦，回宫以后，请新垣平担任上大夫，并且还有优厚的赏赐哩！有一天，汉文帝坐车子经过长安门时，远远看到有五个人站在道路的北边。他正想看个仔细，忽然这五个人从五个不同方向走远消失了，他们穿的衣服是青、黄、红、赤、白五种颜色。汉文帝暗吃一惊："老天爷，我该不是遇见五帝了吧？"连忙把新垣平喊来问话。新垣平一听马上下跪："恭喜皇上，贺喜皇上。"对自己的计策得意极了。

文帝立刻赶工建筑五帝坛，对空遥祭。新垣平又怪里怪气地嚷道："有宝玉之气。"果然，话没有说完，便有一个人捧着玉杯前来，上面刻有"人主延寿"四个字，说是上天赐下给皇帝的。文帝看了高兴得不得了，很小心地捧回宫中藏好。

正在兴奋的时候，有人上奏新垣平弄神捣鬼，欺骗皇上。汉文帝倒也不是个昏君，派人日夜跟踪，发现新垣平果然是个骗子。查明以后，立刻砍了他的脑袋瓜子，而且再也不迷信了。

下棋竟酿成了大战

你喜欢下棋吗？下输了会不会生气？以下我们要讲一个跟下棋有关的故事。

汉高祖曾封功臣为王，但又怕他们各据土地，势力太强，因而在国基稳定以后，陆续诛（zhū）除异姓诸王，只封刘姓子弟为王。但是不久以后，刘姓诸王也渐渐跋扈（hù）起来，形成对中央的威胁。

其中有个叫刘濞（bì）的被封为吴王，是汉文帝的堂兄弟，镇守东南地方好些年。吴国有铜山可以铸钱，有海水可以煮盐，因此国家非常的富强。汉文帝当了十年皇帝，吴王还没有入朝去觐（jìn）见过一次。

有一回，吴王的太子贤到京师去。汉文帝唤出太子启与他相见，两个堂兄弟年纪都不大，一见面便玩得很开心。玩了几天以后，愈来愈熟悉，也就渐渐随便了。

作为一个太子是很寂寞的，难得有了玩伴，太子启很兴奋，拉着贤东奔西跑：喝酒、赌博、下棋，玩得最多的便是下棋了。

有一次，两个人又在一块儿下围棋，皇太子启的侍臣和陪吴王太子贤来京的师傅在一旁观看，帮忙出主意。

下了几盘以后，双方各有胜负，两个人都心里不痛快。皇太子启是堂堂全国的太子，从小备受父皇的宠爱，平时读书没有同学竞争，连作业写错了，也是由太监代他受罚，这辈子还没有输过，因此气呼呼地说："不好玩，我不玩了！"

"再来一盘吧！你是不是怕了？"吴国太子贤还要下，他看不出皇太子启不高兴，就是看出了，他也不晓得皇太子是不能得罪的，因为在吴国谁看到太子贤不畏惧三分？

"好，下就下，我还怕你不成。哼！"皇太子启不甘示弱，卷起袖子便落子。两个人越下越紧张，到了生死关头，皇太子启误下了一着（zhāo）棋，牵动全局，眼看着便要输了。

皇太子启立刻把棋抽回来说："这一着不算。"

"怎么可以不算？"吴国太子贤气得大叫，他的师傅脾气暴烈，打抱不平地说："你将来要当皇帝的人，怎么可以赖账？"非要把棋子抢回来，拉拉扯扯纠缠不清。

皇太子启是储君，从小就没受过委屈，心里一火，顺手提起棋盘，便往吴国太子贤掷去，贤没有防备，闪避不及，立刻脑袋开花，小命归天。

汉文帝听了大吃一惊，但也不好加罪皇太子，只是把他狠狠训了一顿。然后，把吴国太子的师傅传去，一面用好话劝慰，一面厚殓吴国太子贤，命吴国太子的师傅护送灵柩（jiù）回到吴国。

下围棋，选自《吴友如画宝》。

吴王濞看到爱子竟躺在棺木里运回来，

问清楚事实后，悲愤极了。他不肯收下棺木，生气地说：“他既然死在长安，就把他埋在长安算了，干什么又搬回来？”于是，派人把棺木又运回长安。汉文帝无可奈何，只好把吴国太子贤埋葬了。

从此以后，吴王濞对汉朝中央政府极为不满，每次朝廷派使者到吴国来，他都是爱理不理的，既骄傲又无理。汉文帝知道他是为死了儿子难过，也就原谅他三分，并且派人请他到京师，打算当面劝劝他，重修旧好。

哪知吴王濞不领这个情，说什么也不肯到长安去，推说自己病重无法远行。等到汉文帝打发人探病时发现，吴王濞精神健旺，毫无病容。汉文帝简直气坏了，但为了怕吴王造反，还是采取安抚政策，并且赐给吴王一根拐杖，说吴王年纪大了，走路不方便，特准他不必入京朝见。

后来，汉文帝去世了，皇太子启即位，是为汉景帝。汉景帝听信晁错的话，准备消灭各国的兵力，吴王濞首先发难，这便是历史上有名的吴楚七国之乱。

其实，下棋难免有输有赢，人生的战场上也一样，要输得起才打得赢，可不能学汉景帝。

皇帝也会被挡驾？

在我国古时候，皇帝握有无限权力，他们除了受到自己的观念、想法与良心限制之外，不受任何拘束。同时，中国自古也从没有听说过任何法律来约束帝王的。但是，汉文帝有一回竟然接二连三遭到部下呵斥，这究竟是怎么一回事？

在汉文帝时代，汉朝仍然采取和亲政策对付匈奴，每年送给匈奴大批金帛，并且派遣宗室女子下嫁单于。本来倒也相安无事，后来有人从中挑拨，向单于说中国的女子个个长得娇美如花，而且中国地大物博，要什么有什么，汉朝送上来的，实在比不上自己抢来的丰盛。单（chán）于听得垂涎（xián）三尺，便在汉文帝六年，分两路出兵进攻。

边防的将领已多年未用兵，过着逍遥自在的清闲日子，忽然听说匈奴大举进犯，惊慌得举起烟火，忙乱地开始准备，一个个晕头转向，以为自己在做噩梦。

汉文帝接到报告，大吃一惊，立刻派了三名大将，分作三路去抵抗。又派了河内太守周亚夫驻兵细柳，宗正刘礼驻兵灞上，祝兹侯徐厉驻兵棘门。

由于汉文帝很不放心，过了几天，他亲自出马去劳军。他先到了灞上，然后又到了棘门。两次都是直入军营，没有预先通报，所以刘礼和徐厉都是直到汉文帝进了营门，才慌慌张张率领部下赶来，“扑通”一声跪倒在地：“未曾远迎，请陛下恕罪。”汉文帝随便慰问他们几句便离开了。

这一次，汉文帝来到了细柳营，还没有进门，已经发现气氛大不相同：守营的甲士无论是持刀的、拿戟的、张弓的，都是表情严肃，仿佛随时要与敌人一决生死似的。

汉文帝从没有看过这种情形，心中觉得很奇怪，便差人传令：“皇帝驾到！”

可是，那些卫士竟然毫无动静，既没有急忙迎接，也没有派人通报，甚且汉文帝正要驱车进入时，有个卫士大吼一声：“站住！”汉文帝一时之间，简直不相信自己的耳朵。那卫士接着说：“军营之中只听将军的命令，不听皇帝的命令。”

周亚夫在军营给汉文帝行军礼，选自《马骀画宝》。

汉文帝只好拿出符节（皇帝的信物），交给守营门的卫士，叫他进营去通报。

周亚夫得到消息，下令打开营门欢迎皇帝，汉文帝的车子才刚刚驶入，没有想到走不到两步路，又冲出一个卫士喝道：“停住。”

汉文帝有点冒火，他问：“又是哪儿不对啦？”

原来，周亚夫规

定：“军营之中车子不能快驶。”于是，车夫只好拉着马缓缓前进。

进了军营大门口，这才见到了周亚夫。他全副军装，披甲佩剑，看到汉文帝也不下跪，只长长作了一揖，从容不迫地说：“末将着军装不能跪拜，只行军礼，请陛下勿责。”

汉文帝微微点头答礼。左右的人说：“皇帝是特地前来慰劳将军的。”周亚夫便率领兵士，恭敬地站立两旁鞠躬答谢。

道谢完毕，汉文帝要回去了，周亚夫也不送文帝出营门，汉文帝的车子刚走，“咔嚓”一声，军营大门立刻关上，森严极了。

马车“滴答滴答”往前走，汉文帝回头看看细柳营，深深地叹了一口气道：“这才是真将军！灞上和棘门的将士，简直像儿戏，敌人摸进来砍了主将的脑袋，恐怕他们还在睡大觉哩。”

过了四五年，汉文帝年纪大了，他临死以前，拉着太子启的手说：“儿啊，周亚夫很不错。将来如果遇到变乱，可以叫他掌兵权，不必多疑。”

后来太子启即位，就是汉景帝，他平定吴楚七国之乱所用的大将，便是周亚夫。

周亚夫找不到筷子

在上一篇说到汉文帝临终时，告诉儿子景帝：“万一国家有乱时，要重用周亚夫，他是真正的大将军！”

果然，在汉景帝即位不久，由于他削夺各个王侯的封地，引起吴楚等七国的叛乱，幸亏靠着太尉（官名）周亚夫的神机妙算，很快便把乱事平定了。

从此以后，中央的权力加强，汉代政治逐渐形成中央集权的局面，这一切都是周亚夫的功劳。因此，丞相退休后，周亚夫当上了丞相。

这个时候，汉景帝和新得宠的妃子——王夫人感情好得不得了，因此他想把太子废掉，改立王夫人的儿子为太子。周亚夫听说这件事，立刻去劝景帝：“千万不可以随便更换太子。”景帝不理会，反而觉得周亚夫自以为有功劳，什么事都要管，十分讨厌。

王夫人的儿子当上了太子，她也摇身一变成为皇后。哇！这下可神气了，走到哪儿都有人巴结。只有周亚夫不理这一套，甚且当王皇后想封哥哥王信为侯时，周亚夫马上站出来说：“不可以，不可以！当年汉高祖立下了规矩，不是姓刘的不可以为王，没有功劳的人不可以封侯。如果有人违反，全天下的人都能攻击他。”

当初汉高祖为了避免大权落入外人手中，确实曾说过这样的话。汉景帝无可奈何，只好不封王信为侯，心里却气得痒痒的，直怪周亚夫多事。

恰好这时匈奴有六个人来投降汉朝，汉景帝很高兴，准备给他们官做。周亚夫又有意见了，他的看法是："这些人背叛他们的主人投降陛下，这根本就是不忠。这种不忠的人陛下不处罚，反而奖励他，那么，将来陛下如何能要求朝廷的臣子对您忠心？"

汉景帝被他顶得哑口无言，又想起周亚夫当年把他父亲挡在军营外的事，以及以后种种烦人的举动，再也不能忍耐了！火冒三丈地说："丞相的意见不合时宜，不能采用。"

周亚夫碰上了一个大钉子，知道自己不受欢迎了，第二天便提出辞呈，不干丞相，景帝也不挽留。

周亚夫，选自《历代名臣像解》。

周亚夫性情耿直，凡事只问是否对国家有利，其他一概不管，所以得罪了很多人。这些人跑到景帝身旁咬耳朵，说他骄傲、自大、跋扈，不把皇帝看在眼里。

古时候的皇帝自命为天子，就是上天的儿子，最怕别人看不起他，尤其对周亚夫这种会带兵的将领，又爱又怕，既要将领保卫国家，又担心他们会造反，那种感觉像背上长了一根刺，非常不舒服。

于是有一天，汉景帝想试探一下周亚夫的忠心，便请周亚夫进宫吃饭，桌上摆了一壶酒，盘子里有一大块肉，却没有筷子。周亚夫心里想，这八成是汉景帝故意戏弄他，火大极了，向旁边的侍卫喊道："拿筷子来!"

摆酒席的人早已受过嘱咐，一动也不动，呆若木鸡。

周亚夫很愤怒地瞪着侍卫，正要再喊。

汉景帝说："怎么，这样子你还不满意？"

周亚夫听了皇帝的口气，知道是不满意自己，便不敢再说话，不得已离开座位下跪道谢。景帝目送他离去时，恨恨地说："哼! 瞧他还不服气似的。"

后来，周亚夫的儿子拜托主管皇帝用品的官员，买了五百副甲盾，准备在周亚夫死后出殡时护丧用。周亚夫的儿子想省点钱，没付工人搬运费，工人一气之下打了小报告，说周亚夫偷买违禁品，有造反的嫌疑。

周亚夫不晓得这件事，因此不能答辩，被关入大牢。在开庭审问时，法官问他："你为什么要造反？"

"这是我儿子买来给我出殡用的，怎可诬赖我造反？"

"你就是不想在地上造反，也想到地下造反，你不必多说了。"

"人死了还能造反吗？"周亚夫闭起眼睛，懒得再说。直到他死，他心安理得，而且千秋万世都景仰他的一片忠心。

滑稽有趣的东方朔

我国的文学自古便非常优美，《诗经》就是一部上乘的文学作品。到了汉朝，有一种半诗半文的混合体——汉赋出现，与后代的唐诗、宋词并称。这一回，我们讲个很有趣的汉赋大家——东方朔的故事。

东方朔，字曼倩，平原人，小时候就喜欢读书，爱讲笑话。当他二十二岁的时候，听说汉武帝在征求人才，也想去试试看，便到了长安。

长安城里有个机关叫公车，由卫尉管理，凡是四方征求的名士，都可以乘坐公家车子来往，用不着自己出车钱，读书人如果要上报告给皇帝，也由公车转送。东方朔就写了个报告，请公车令转呈汉武帝。

这个报告写得相当自负，他说："我从小没有父母，由兄嫂抚养长大，十二岁学书，十五岁学剑，十六岁学诗书，背了二十二万言；十九岁学孙子兵法，也背了二十二万言。我今年二十二岁，眼睛像明珠般闪亮，牙齿像贝壳般漂亮，勇敢如孟贲（bēn），敏捷如庆忌，廉洁如鲍叔，守信如尾生，我这么优秀的人才，可以为天子大臣也。"

倘若遇到老成持重的皇帝，看到这种报告，一定会说："胡闹！"然后把它扔掉。但是，汉武帝是个雄才大略的君主，很欣赏东方朔的才气，教他在公车等候命令。

东方朔知道皇帝有意重用他，很高兴地在公车等消息。谁知道等了很久，没有下文，从公车领的米钱，只够一宿三餐，眼巴巴看着带来的钱快用光了，心里很着急。

有一天，他出外游玩，看见一群武帝养的侏儒（发育不全的小矮人），东方朔吓唬道："你们死在眼前，还在玩？"

侏儒们大惊，问："为什么？"

"我听说朝廷找你们去，名义上是要你们伺候天子，其实是要找个机会把你们杀掉。你们不能做官，不能做农夫，不能当兵，白白浪费国家的粮食，留着干嘛？不如杀掉，节省粮食。"东方朔说着，还比划了一个砍头的手势。

侏儒们吓得嚎啕大哭，东方朔说："等会儿皇上出来，你们赶快磕头赔罪，若是皇上问起来，尽管往我身上推。"

一会儿，武帝来了，一群侏儒抱着皇帝的脚又哭又喊，把武帝搞得莫名其妙，因为他根本没有杀小矮人的意思啊！立刻派人传见东方朔。

东方朔耍了一计能见到皇上，自然很开心，他不慌不忙地说："我活着要讲，死了也要讲。矮人们不过三尺高，一进京便向公车令领一袋米，两百四十钱；我呢？堂堂九尺高，也领一袋米，两百四十钱，侏儒饱得要胀死，我是活活要饿死，你要是不用我，放我回家乡吧！"

武帝一看，东方朔果然有三个矮子高，觉得很好笑，就给他一个官做。由于东方朔聪明绝顶，讲话幽默，善于猜谜语，文章更是写得呱呱叫，武帝对他很有好感。

在夏天时，照规矩朝廷要分肉给大臣们，负责分肉的是大官丞，大官丞摆臭架子，害得大家在太阳下等到了黄昏还不见人影。东方朔不耐烦，拔出佩剑，割了一块肉说："天气这么热，该早点回家去。况且再不拿走，肉都要发臭了。"

其他的人没有这么大胆，依旧不敢动手。一直等到晚上，大官丞来了才分肉。大官丞发现肉少了一块，问明是东方朔割的，认为这是东方朔存心不把他看在眼里，立刻到武帝面前告了东方朔一状。

东方朔拔剑割肉，清任熊绘。

汉武帝对东方朔说："你自己责备自己吧！"

东方朔站起来，敲自己的脑袋说："东方朔啊，东方朔，你不等皇上下命令便私自把肉拿走，为何如此无礼？你拔剑割肉，实在豪壮！割肉不多，何其廉洁！拿回去给老婆，真有情义！你敢说你有罪吗？"

武帝一面听，一面笑："我叫你责备自己，怎么全在夸自己？"便赐东方朔酒一石、肉百斤。由于他才思敏捷机智，文章也写得快、写得好，而且滑稽有趣，很能代表他的个性。他在中国文学史上有一席之地。

司马相如与卓文君

司马相如与卓文君，是我国历史上有名的一对情人。

司马相如字长卿，蜀郡成都人，从小喜欢读书，也学过剑术，他因为景仰战国时代的蔺相如，所以改名为相如。

蜀郡太守文翁为了普及教育，把地方上天资聪敏的孩童送到长安去念书，司马相如便这样到了长安。以后长大做了武骑常侍，由于他兴趣不在武职，不久托病辞职。

司马相如很有才气，他写的《子虚赋》全国轰动，人人争读。虽然他名气日渐响亮，他的生活却大成问题。

有一天，司马相如想起可以去找老朋友王吉。王吉在临邛（qióng）县当县令，曾经对司马相如拍着胸脯说过："小兄弟，哪一天你混不下去了，来找我！"

司马相如来到临邛找到了王吉。王吉想了一着妙计，司马相如听了频频点头称妙。

从此以后，王吉天天到客栈找司马相如，而相如总是称病拒不接见。好事之徒纷纷传言："一定是来了贵客，否则县太爷何必这样费神？"一时之间全县都在哄传这件怪事。

临邛县里的有钱人很多，而其中最有钱的一个要算是卓王孙了，他非常好面子。卓家在战国时代便以冶铁致富，是汉初的一个大财主。他也听说了这件怪事，就通过县令说，无论如何要请到司马相如这位远道稀客。

王吉知道计策有效了，赶着去告诉司马相如，并且要他穿上贵重的“鹔鹴（sù shuāng）裘”，换上了簇新的鞋帽，好好打扮了一番。

一会儿，王吉派了马车、佣人来为司马相如装阔，司马相如还左推右推，一直要等卓家三催四请才慢吞吞地出发。

到了卓家门口，早有一大群人伸长脖子等着看热闹。见到司马相如生得唇红齿白，英俊潇洒，风度翩翩，人品出众，大家赞不绝口。

这一顿饭菜肴非常丰富，主人客人都吃得很开怀。当大家都有三分酒意时，王吉对司马相如说：“你何不弹一曲助兴？”

相如谦逊一番后，接过琴来轻轻拨弄，盈盈的琴声缓缓泻出，音韵铿锵（kēng qiāng），好听极了。一曲弹完，全堂喝彩。正准备再弹

文君听琴，刘凌沧绘。图中司马相如在堂上奏琴，卓文君在帷幕后偷听。

一曲时，忽然听到有佩玉的响声，司马相如回头一看，喝！屏风后面躲了一位好漂亮的美人。

她是谁？原来是卓王孙的女儿卓文君，年方十七岁，美貌娇艳，聪明伶俐，琴棋诗画样样精通，不幸新婚未久丈夫便死了，只好回娘家守寡。这一天，听说家里来了一个少年贵客，正在偷看时，不巧被司马相如瞧见，脸一红急急跑开。

虽然惊鸿一瞥（piē），司马相如却一见钟情，原已有几分酒意，此时更加醉了。当下便弹了一曲《凤求凰》表达自己爱慕之情。卓文君早就仰慕司马相如的才华，今日一见，果然一表人才，经他的琴声一挑，芳心动了。

当天晚上，卓文君打了一个小包包，带着侍女去叩司马相如的

卓文君和司马相如在临邛开酒店，选自《吴友如画宝》。

房门，两个人趁着夜色溜走了。

第二天清早，卓王孙发现女儿失踪，贵客也一起不见了，大发脾气。王吉原来的意思是想帮司马相如做媒，让他入赘（zhuì）卓家，没有想到他竟会私奔，心里也很不高兴。

司马相如和卓文君逃到成都。相如原本很穷，文君走得仓促，没带什么值钱的东西，两个人只靠典当过日子。到后来连皮袍也当掉了，没有办法，只好再回临邛（qióng）打听消息。

旅馆的人不认识司马相如，老实地告诉他们说："卓王孙几乎气死了，有人劝卓王孙接济女儿一点，卓王孙说，女儿不肖，我不忍心杀死她，让她饿死好了！"

司马相如心想："好，他既然这么绝情，我已走投无路了，索性与你女儿去开个酒店，丢你的脸。"

一不做二不休，司马相如真的穿起店小二的衣服去卖酒了，卓文君也在店里招呼客人。有的酒客认识他们，幸灾乐祸地到处传笑话，吓得卓王孙连门都不敢出。

卓家的亲戚纷纷怪罪卓王孙："你何苦让女儿出丑？况且司马相如也是个人才，只是时运不济。"

卓王孙丢不起这个脸，拨给卓文君一百万钱，一百个仆人，司马相如便回到成都，买田地，盖房子，当起富翁来了。

有一天，汉武帝看到《子虚赋》，非常非常的欣赏，叹口气说："唉，我真恨不能与写这篇赋的人同时。"等到听说是司马相如写的，立刻召他入京，派他做郎官。

以后，司马相如又被派往西南夷，立了不少功劳，卓王孙也觉得很有面子，直夸卓文君有眼光，挑了一个好夫婿。

朱买臣的故事

中国自古至今，任何人只要肯上进、肯努力，一定会有所成就，朱买臣便是一个好例子。

朱买臣是汉朝初年会稽（kuài jī）人，很喜欢念书，对其他事情都没有什么兴趣。他家里十分穷苦，每天到山上砍些木柴，挑到市场上去卖，勉强过日子。

他很会利用时间用功，挑柴的时候，口里仍不断背诵诗文，咿咿唔唔念个不停。他的妻子跟在后面，一句也听不懂，而且越听越心烦，忍不住阻止道："你不要再念了，好不好？"

而朱买臣越念越起劲，越读越响，像唱歌一般，快乐得不得了，一提起嗓子，便嗯嗯啊啊没有个完，大老远都能听到他在背诵古书。

他的妻子说了又说，始终没有效果，家里头经常有了早餐，就没有了晚餐，到后来实在受不了，吵着要离婚。

朱买臣知道他的妻子是个无知的女人，永远不可能了解读书报国的道理，便赔着笑脸安慰道："我到五十岁时一定有出息，现在我已经四十多岁，不久便可发迹了，你已经跟我吃了二十多年的苦了，只剩下短短的几年竟会忍耐不下去吗？等我大富大贵的时候，一定不忘记你的功劳。"

他话还没有说完，他的妻子劈头骂道："我跟你吃的苦还不够多吗？你原是个书生，弄到现在靠砍柴为生，也该知道读书无用，为何至今仍不觉悟？还要到处吟唱，惹人心烦。再下去，我非要饿死在阴沟里了！”接着又大哭大叫，闹得不成个样子，朱买臣只好答应离婚。

朱买臣依旧砍他的柴，背他的书。有一回，刚好碰到清明时节的天气，成天阴阴湿湿不见阳光，他背了一捆柴赶下山，忽然遇着一阵风雨，又冻又饿，全身发抖，躲到墓旁去避雨，刚好来了一男一女祭扫坟墓，那个女子不是别人，正是朱买臣的前妻与她的后夫。

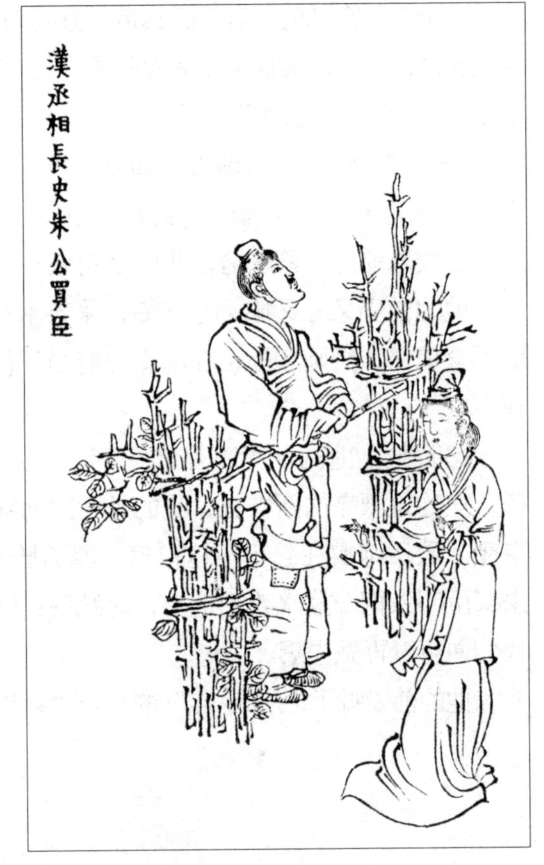

朱买臣打柴晚归，清任熊绘。

这种场面多叫人难堪。因此，朱买臣装成不认识的样子。但是，当他的妻子把祭祀过的酒菜，分给他一点儿的时候，为了要保命，朱买臣也只有含着眼泪吞下去了。

转眼之间，又过了几年，朱买臣快五十岁了。

有一次，会稽郡有一位太守要到长安去，朱买臣便以运卒的名义跟了去。

到了长安以后，朱买臣抓住一个机会，见到了汉武帝。汉武帝很赏识他在《春秋》、《楚辞》方面的见解，派他做中大夫。以后，他又上了一个对付东越的报告，汉武帝十分高兴，派他回会稽当太守，并且笑着说：“富贵不回故乡，就如同穿了漂亮的衣服在黑夜里走，太可惜了，你如今可以衣锦荣归。”

当年被人瞧不起的樵夫，如今可神气了！乡民们夹道欢迎，争看新太守的风采。他远远看到人丛中有一个女子，正是他的前妻，想起在坟墓前的一幕恩情，便把她叫来。

他的前妻又羞又恼又怒又悔，呆若木鸡，说不出一句话。朱买臣顾念前情，把她和她正在郡太守府当工役的丈夫一块接来，在后花园居住。

这时候，他的前妻真是懊悔到了极点，尤其朱买臣娶了新妻子，穿的是漂亮的新衣服，吃的是山珍海味，她觉得都该是自己的享受。最后她实在忍不下这口气，厚着脸皮要求朱买臣再收留她。朱买臣叫人把一盆水泼到地上，对她说：“你能把水再收回盆子里，我们便可以再做夫妻。”

他的前妻听了之后，“哇”的一声哭着跑了，不久便上吊自尽了。

李广一箭射进了石头

李广是汉朝初年的大将军，后代的文学家常以他为题材写文章，因为他的一生多彩多姿，真可算是英雄豪杰的代表人物。

李广是陇西人，武功高强，长于骑射，担任武骑常侍，常跟着汉文帝出外打猎。汉文帝很欣赏他矫健的身手，不止一次地称赞道："你可惜生在太平盛世，没有立功的机会，否则，起码也是个万户侯。"

李广，选自《历代名臣像解》。

汉景帝的时代，李广在周亚夫旗下出力，平定了吴楚七国之乱。又曾经担任陇西、雁门、代郡等太守。这些地方都是边区，靠近匈奴，匈奴很惧怕他。

景帝六年，匈奴入侵，景帝派了使者到前线视察，使者在巡逻的时候，遇到三个匈奴人，这三个匈奴人非常厉害，一箭射中使者，把使者带来的骑兵打得七零八落。

李广接到消息，告诉左右说：“这三个匈奴人一定是出来射雕的，所以箭法极佳。”说着，一跃上马。一会儿工夫以后，这三个匈奴人都败在他的手下。正准备回营的时候，忽然间，李广发现四周山头聚满了匈奴兵，少说也有好几千人。

匈奴以为他们是汉朝派来诱敌的骑兵，不敢轻举妄动，拉住马儿的缰绳，远远在山上布好阵势，密切注视着李广。李广的手下们吓得脸色死白，发抖地说：“赶快溜吧！”

“走？那么这儿便是你葬身之地。”李广很沉着地交代，“去，解下鞍来，放轻松点儿。”如此一来，匈奴更认定其中有诈，便按兵不敢动。

李广射石，选自《马骀画宝》。

呆呆耗在这里也不是个办法啊。不久，李广看到一个骑着白马的匈奴首领出来检阅军队，他立刻跳上马，飞也似的冲出去，一箭直穿匈奴首领的胸膛。然后，回到原地，又解下马鞍，开始休息。匈奴兵对他百步穿杨的本事吃惊不已，更不明白他到底在耍什么花招，一动也不敢动，猜想一定有大批汉兵埋伏在附近，到了半夜来发动猛烈攻击，还是早走为妙。于是匈奴撤军了，李广也潇潇洒洒返回汉营地。

汉武帝元光六年，匈奴再次入侵，皇帝命李广出驻朔方。这时候他已五十多岁了，是将领中资格最老的一个，这一带地方他又是熟门熟路，总以为没有问题，保险旗开得胜。

哪里晓得匈奴早领教过他的厉害，这一回派了大队人马沿途埋伏。李广就是有天大的本领，也逃不过天罗地网，终于被逮着了。匈奴得到李广，开心得不得了，把他缚在马上，哼着凯歌押回去献功。

李广偷眼一瞧，发现身旁的小胡儿骑的是匹好马，便用力一挣脚，扯断绳索，一跳就跳到小胡儿的马背上，把小胡儿推下马，夺得弓箭，一挥马鞭溜之夭夭。匈奴兵掉转马头追上来，却都被李广一一射死，他又一次死里逃生。

以后，匈奴给李广取了一个外号，叫“飞将军”，一听到“飞将军”莫不闻风丧胆，何况他不久又干了一件大事。

话说右北平一带多老虎，李广日日巡逻，一面瞭敌，一面打虎，凭着他独到的箭术，一连射死了好几只老虎。有一回，走到山麓（lù），远远望见草丛之间，有一只老虎蹲在那儿，他急忙张弓搭箭，凭着他的功夫，果然又一箭命中。

可是，当他走进草丛一看，咦！并不是老虎，而是一块大石头。最叫人奇怪的是，那箭透入石中，约有数寸，上面露出箭羽，手下人要去拔，却跌个四脚朝天。李广再射，却也射不进去了。

从此，他更大名远播，人人都说他的箭有入石的神力，血肉之躯还想跟石头拼吗？所以他在任五年，匈奴不敢蠢动。

张骞出使西域

汉初，匈奴强大，汉朝无法对抗，只好处处忍辱求和，汉高祖去世以后，匈奴的单（chán）于故意写信向吕后求婚，把她大大羞辱一番。这真是国家的耻辱！

“君子报仇，十年不晚。”经过了几十年的隐忍和休养，汉朝的基础稳固，财力有余，士马强盛，汉武帝决心雪清耻辱，消除国家的大患。

据汉武帝所知，在西域有个叫大月（ròu）氏的国家和匈奴有深仇大恨，匈奴曾把大月氏的国王杀掉，把他的脑袋当做溺（niào）盆，作为胜利的象征。武帝心生一计：何不联络大月氏夹攻匈奴?

但是，大月氏远在西域，和汉朝从来没有来往，如何联络呢?汉武帝下令征求出使番邦的人才。

一听说要远赴蛮夷之邦和杀人不眨眼的酋长打交道，朝廷的官员个个缩着头，生怕被选中。

却在此时，有个不怕死的英雄好汉挺身而出，他便是张骞（qiān）。汉武帝见张骞仪表堂堂，口才锋利，讲起话来有条有理，很赞赏地说：“嗯，派这样的外交官出去，正可代表泱（yāng）泱大国之风。”

在汉武帝建元二年，张骞带了一百多人上路了。不幸的是，刚到陇西，张骞一行人便被匈奴逮住了，而且他的汉节（节是代表政

张骞出使西域图，初唐壁画。画中汉武帝为张骞出使西域送行，右侧汉武帝坐于马上，左侧张骞跪拜辞行，张骞身后是持节的随从。

府的信物）以及给大月氏的玺书都一并被搜出。匈奴单于讥嘲地说："大月氏在我们的北方，你们怎么会笨到想经过匈奴去联络他们呢？如果我想穿过中国联络南方的越国，你们会答应吗？真是笑死人了。"

从此以后，张骞在匈奴一住便住了十几年，娶了匈奴女子为妻，还生了一个小孩子，衣食不缺，单于对他也很礼遇。张骞表面不动声色，似乎颇满意眼前的生活，内心里却从来没有忘记国家交付的使命。

机会终于来了，有一天早上，张骞趁着匈奴守卫在打瞌睡，骑上快马便往北方奔去，在沙漠里走了十几天，白天热得发昏，夜晚冷得颤抖，又饿又渴又累，吃尽了千辛万苦，好不容易到了西域的大宛（yuān）。

大宛国王早就仰慕汉朝的富庶繁荣，现在听说汉朝特使远来，受宠若惊。张骞告诉国王："你如果帮助我到大月氏，汉朝皇帝一定会重重酬谢你。”大宛国王满口允诺。

张骞历经艰难终于到了大月氏。这时候，大月氏的太子已即位，并且吞并了肥沃的大夏，没有兴趣报仇，而且抱着一种“只要我表明立场不与匈奴为敌，匈奴应该不会与我开战”的鸵鸟想法。完全是逃避现实的苟安心理。

张骞没有办法，只好束装回国。回国途中，很倒楣的，又被匈奴逮着，再关了一年多。后来，匈奴发生内乱，他才带了妻、子逃回长安。

汉武帝听说张骞回来，十分高兴，任命他为中大夫。张骞虽然没有完成结交大月氏攻打匈奴的使命，但他带回许多有关西域的资料。他说，西域有一种水果，甜甜的，酸酸的，芳香扑鼻，好吃得不得了，叫葡萄；有一种草，叫苜蓿（mù xu），青翠美丽。大宛有一种千里马，全身红得发亮，有一丈多长，两丈多高，跑起来像飞一般快。这些个新奇事，使得汉武帝心动不已，封张骞为博望侯，开始注重西方边疆的开发。

到了元鼎元年，张骞再度西使，率领随从三百余人，分赴大宛、乌孙、康居、大月氏、大夏、安息等国，为中国打通了西域的外交、经济、文化的关系。由于张骞的努力，西域的东西如：石榴、胡瓜、胡豆、胡琴等陆续传入中国，中国文化因而更为光辉灿烂。

主仆变成夫妇——卫青不平凡的经历

西汉时攻打匈奴立下大功，而名垂千古的两个大将军是卫青和霍去病，卫青正是霍去病的舅舅哩！卫青其实应该叫郑青，这句话怎么说?

卫青的母亲卫媪（ǎo），本来是给汉武帝的姊姊——平阳公主当婢女。后来嫁给了卫氏，生下一男三女。卫氏短命，很早就去世了，卫媪只好再到平阳府里当佣人，她的小女儿卫子夫长得很漂亮，歌声更是如出谷黄莺，在平阳公主家中当歌女。

有一次，汉武帝突然游兴大发，痛痛快快出去玩了一天，回宫的时候，路过平阳府，顺道进去休息休息。

平阳公主看见贵客降临，慌慌忙忙搬出家中最上等的酒菜，并且召来一班歌女陪酒。汉武帝一眼便看上了妩媚动人的卫子夫，尤其对她那把黑油油、光滑滑的秀发梳拢成的发髻着迷不已，直盯着不放。

弟弟的心事，姊姊当然知道，平阳公主当场就把卫子夫送给了汉武帝。汉武帝笑得开心极了。

汉武帝本来有个很得宠的皇后陈阿娇，他曾对人说过：“我要是能娶阿娇为妻，要为她盖一个金屋。”“金屋藏娇”的成语，就是这么来的。现在有了卫子夫，陈阿娇便失宠了。后来阿娇被废后，生病死了，卫子夫当上了皇后。

卫子夫就是卫青同母异父的姊姊。她母亲卫媪和平阳府中一名工人郑季要好，生下了一个小男孩，取名郑青，带回郑季老家抚养。

郑季的妻儿非常愤怒，合力对付郑青，可怜的郑青小小年纪饱受虐待，身上经常青一块紫一块的，遍体鳞伤。

受老天爷保佑，郑青居然还能长大成人，没有被郑家欺负死，真是幸运。他实在没有办法再忍下去了，跑去找生母，请她想个办法。

卫媪领着郑青去求平阳公主，平阳公主回头一看，发现这个彪形大汉倒是相貌堂堂，就派他去当骑奴。每当公主出门，他就骑马跟在后头。

如此，虽然还是佣人，可比在郑家强多了。所以郑青改名为卫青，表明与郑家一刀两断。

卫青很知上进，平阳公主家中的事非常轻松，空下来的时间他勤读书，练身体，一心一意研究兵法。

他当了两年的骑奴，认识了几个朋友，介绍他到建章宫做事。

武帝建元二

卫青，选自《历代名臣像解》。

年，张骞出使西域，夹攻匈奴的计划失败后，双方正式破裂，此后四十年间，汉军采取主动攻击，九次出塞，都予匈奴以重大的打击，汉朝的主帅正是卫青。自从李广失败，卫青反而胜利后，他一路扶摇直上，河南的收复，河西的经略，漠北的远征，都有辉煌的战果，达成了雪耻的愿望，巩固了北部的国防，扩大了中国的领域。

卫青过去的女主人平阳公主，因为丈夫死了，想再嫁人，问手下："列侯之中谁最贤？"下人们齐声道："当然是卫大将军了。"平阳公主说："这怎么可以呢？他以前是我的骑奴，是伺候我骑马的佣人。"手下又回答道："如今比不得从前了，他已身为大将，他的姊姊又是皇后娘娘，除了皇帝以外，谁能比他更尊贵？"

平阳公主想想也有道理，就央求卫子夫做媒，和卫青欢欢喜喜结成了夫妻。

卫青出身卑贱，但他并没有因此而自暴自弃，勇敢地创出了锦绣前程，英雄不怕出身低，卫青是个好例子。

青年才俊霍去病

卫青原是平阳公主的骑奴，后来成了她的夫婿，而卫青的同母三姊卫子夫嫁了汉武帝，成为卫皇后。

霍去病的父亲霍仲（zhòng）孺，是平阳公主家中的小职员，和卫青的同母二姊卫少儿感情很好，生下了霍去病。

因此霍去病的舅舅是卫青，他的三姨妈是皇后，姨父便是汉武帝。这个关系似乎很复杂，静下来想一想便明白了。总而言之，由于有了这个亲密关系，霍去病十八岁的时候，开始担任侍中的官，做了汉武帝的侍卫。

霍去病固然因为得天独厚的国戚关系，年纪轻轻登上了高位，但他的本事也的确不含糊。在元朔六年，卫青出兵攻打匈奴时，霍去病要求跟着去。卫青让他担任校尉，选了八百名壮士。到了塞外，霍去病率领部下往北攻去，一路上看不到一个胡人，他继续向北深入，丝毫都不害怕。

一直走了好几百里，霍去病看到匈奴的营帐了，一挥手杀了过去。匈奴怎么想也想不到汉人会跑这么远，由于没有一点儿防备，两个大头目被抓。霍去病得到了“冠军侯”的美誉。

从此以后，他不再跟着舅舅卫青的身后，开始独当一面了。

元狩二年，霍去病十九岁，他以骠（piào）骑将军的名义，率领了一万骑兵，从陇西出发，获得大捷，把从金城（兰州）到盐泽（罗布泊）一带四万多匈奴完全肃清。汉武帝在这儿设了武威、张掖、酒泉、敦煌四个郡，隔断了匈奴与羌人的联络，打通西域的道路，解除了来自西北的威胁。

经过了这一场战役，匈奴领教了霍去病的厉害，不敢与他交手。在祁（qí）连山与焉支山一役后，匈奴编了一首歌谣：

亡我祁连山，使我六畜不蕃（fán）息；
失我胭脂山，使我妇女无颜色。

焉支山又名胭脂山，所以匈奴这么说。这首歌翻山越岭传到内地，霍去病的名声更响亮了。

霍去病为人沉默寡言，成熟稳重，有勇气，敢担当。汉武帝曾经叫他去研读孙吴兵法，他回答："做大将军的要随时用计谋，何必受古法的约束？"武帝要为他盖个漂亮的大房子，他笑着推辞道："匈奴不灭，无以家为也。"这句话的意思是说，匈奴还没有消灭，成什么家？直到今天，我们还时常沿用霍去病的话，表示一个好男

霍去病，选自《马骀画宝》。

儿在国家未太平之前，没有工夫考虑到自身的事。

霍去病小时候不晓得父亲的名字。因为霍仲孺早已离开平阳公主家，回到家乡河东，另外娶妻生了一个儿子名叫霍光，与平阳公主不再联络。等到霍去病长大成人，当了官，才知道父亲的名字。他在北伐回京的路上，经过河东，查出霍仲孺还健在，派人去迎接，父子团圆。

霍光的年纪虽小，但聪明伶俐，霍去病很喜欢，待他像亲弟弟一般，把他带到长安，找老师仔细教导。以后，霍光辅佐昭帝、宣帝，成为历史上有名的一代贤臣，也算得上霍去病在沙场以外的另一贡献。

苏武的故事

在汉武帝天汉元年的春天，日暖草肥，武帝正想北伐匈奴时，忽然有人报告，路充国从匈奴回来了。

路充国是汉朝的使者，被匈奴扣留了相当一段时间。他告诉汉武帝，现在匈奴新君且鞮（tí）侯单于继位，对汉朝十分恭顺，曾经说过："我是汉朝的儿子，汉天子是我的长辈。"不但把汉朝的俘虏一律放回，而且求和。

原来这以前，匈奴经常扣留汉朝的使者，汉朝也时常把匈奴的使者关起来以为报复。如今，既然匈奴有心求和，汉武帝也就本着宽大为怀的精神把匈奴的使者放回去，并且指派苏武护送。

苏武带着大批绫罗绸缎、金银财宝到了匈奴。没有料到且鞮侯单于并没有真心讲和，尤其是看到大批金帛以后，认为汉朝惧怕匈奴，不由得骄傲起来，对待苏武等人十分不客气，苏武也不便斥责且鞮侯单于礼貌不周，反正他的任务已完成，收拾行装就准备回国了。没有想到这时候发生一件意外。

当时在匈奴，有两个汉朝的降臣卫律、虞常，相处得很不融洽，虞常想暗杀卫律，同时把单于的母亲阏氏抢过来，投奔汉朝。刚好苏武一行到此，虞常央求苏武的副使——张胜参与阴谋，张胜瞒着苏武秘密筹划起事。

有一天，且鞮侯单于外出打猎，虞常等人以为有机可乘，集合党羽七十多人发难，偏偏其中一个人竟然偷偷地跑去告密，结果虞常等人被捉下狱。

后来，单于追查这件事，派人下令不准苏武回国，并且传他接受审讯。苏武悲痛地说："我们奉皇上的命令出使匈奴，如今受到这种耻辱，还有什么面目回汉朝？"拿起佩剑便往颈子上抹，卫律慌忙抢救，但苏武的颈上已经刺了一个洞，鲜血流了一身。医生赶来时，苏武已昏过去。幸好匈奴的医生本领不错，把苏武一条命捡了回来。单于也很钦佩苏武的忠勇。

当苏武痊愈后，单于不肯放他走，反而派卫律劝他投降。

苏武牧羊，清代年画。

卫律讨好地说："苏武，你看我，自从背弃汉朝来到匈奴，不但封了王，拥有几万部众，而且漫山遍野尽是我的牲畜，有享不尽的荣华富贵。你今天投降，明天便和我一样了，多好！"

苏武紧闭着嘴，咬着牙，默不作声。卫律又换了一副脸孔。这次恶狠狠地说："你不听我的话，明天你想看我都看不到了。"

无论卫律用软的，来硬的，苏武都不动心，反而骂道："你不顾道义，背叛国家，甘心投降夷狄，简直无耻！我根本不屑见你。你明明晓得我不会投降，却故意来威胁我，存心在匈奴惹出大祸，你以为你还活得下去吗？”

卫律被骂得抬不起头，把这一番话原原本本地告诉了单于。单于大为赞赏，更想使苏武投降。把苏武关在地窖中，不给他食物，只给他一条毛毯。苏武饿得发抖，将毛毯混着冰雪吞下肚去，竟然没死。单于以为苏武有神助，就派苏武去北海牧羊，放的都是公羊，却对他说：“等你的公羊生了小羊，你便可以回去了。”

北海气候严寒，苏武冻得皮肤破裂，淌出鲜血。没有食物，只捉点野鼠充饥，被折磨得不像个人样。然而，他始终不离开那支代表汉朝使者的汉节。

如此过了五六年，武帝派李陵攻打匈奴，李陵兵败，被迫投降匈奴，被封为王。李陵和苏武原来认识的，他来探望苏武，对苏武说：“我来的时候，你母亲、大哥、三哥都死了，嫂夫人已改嫁，你妹妹、儿子、女儿下落不明。哎，人生有如朝露，何必如此自苦？你哪一天死掉了，别人也不晓得你的忠心。”

苏武摇摇头：“为国牺牲，我死也甘心。”

以后，汉朝与匈奴讲和，汉朝要求把苏武放回，匈奴骗说苏武早死。幸亏有个叫常惠的想了一个计谋，对匈奴说：“有一回汉天子打猎时，射到一只北方飞来的雁，雁脚上绑有苏武写的信。”这是一句谎话，匈奴却信以为真，同意释放苏武，苏武才得以返回汉朝。

苏武去国十九年，回来时已成了白发苍苍、蹒跚跛行的老翁。其实，他做梦也没有想到可以回国，更没有想到会名垂青史。他只是本着良知，勇敢地、坚决地在做自己应该做的事——爱自己的国家。

可敬的牧羊人——卜式

在汉武帝时代，河南山区里，住着一位牧羊人——卜（bǔ）式。

卜式原先住在山脚下，家里有一大片田，还畜（xù）养了不少牛羊。后来，卜式的父母亲相继去世，留下了卜式与卜式的弟弟。

卜式是个好哥哥，他为了帮助弟弟成家立业，把卜家所有的田产完全给了弟弟。自己仅仅带了一百多头羊，迁居到山里。

养羊也是一门大学问，卜式研究方法，给羊群最好的照料，没过多久，一百多头羊已经繁殖到千头以上，附近的牧羊人家，无不钦佩卜式，称他为养羊专家。

卜式卖了一部分羊，在山里盖了一栋小房子，准备常隐山中，过着单纯而宁静的牧野生活。

不料，卜式的弟弟不成才，与哥哥完全不像，贪吃懒做，游手好闲，没过几年，竟然把家财挥霍得干干净净。听人家说，卜式这几年经营得有声有色，于是，卜式的弟弟赶到山上向哥哥求援。

卜式见弟弟的狼狈模样，心里十分生气，他愠（yùn）怒道：“当年我上山之前，交给你的家产足够你吃一辈子的。”

弟弟不吭声，低着头，一脸惭愧的表情。卜式心肠软，也不忍心多说，不但好好招待了丰盛的一顿，并且大方地把财产分了一部分给弟弟，同时叮咛道：“这一回你可得用点心。”

“我一定不辜负兄长的教诲。”

弟弟捧着钱，千恩万谢地下了山。

话是说得漂亮，奈何江山易改本性难移。弟弟拿了白花花的银子，更加出手阔绰（chuò），挥金如土。

没过多久，弟弟又宣告破产，又厚着脸皮往山上跑。

这日，旁边的邻人见到，不以为然地对卜式说："你的钱赚得不容易，风吹雨打，日晒雨淋，人都变得如黑炭一般。你老弟却吃香喝辣，只晓得伸手要钱，莫非把你这个哥哥当摇钱树不成？"

卜式叹一口气："没把弟弟教育成才，我这个哥哥也有责任。我总不能眼睁睁见死不救，毕竟是手足情深。"

于是，卜式又分了一些财产给弟弟。乡里的人都看不起弟弟的厚颜贪财，也不约而同赞美卜式的大度大量。

卜式虽然身居深山，对国家大事却十分关心，他一直是忧国忧民的爱国人士。当时，汉武帝派遣卫青、霍去病率领大军讨伐匈奴，卜式心想，打仗要花不少金钱，覆（fù）巢之下无完卵，他愿意尽一份力量。

因此，卜式上书汉武帝，愿意把自己财产的一半捐出来，让政府拿来抵御外侮。

汉武帝看了卜式的上书傻了眼。天下竟然还有这样热心的人吗？中国人一向不习惯纳税，尤其是商人，总是想出种种办法，能逃则逃，哪有如卜式一般的？何况，卜式一半的财产，一千多头羊再加上房屋四座，虽算不上大富，数目也颇可观。钱总是不嫌多的，莫非卜式有什么要求，不方便在上书之中讲明白？

汉武帝相当好奇，他马上派了使者，前往卜式家中，一探究竟。

使者到了卜式住处，发现卜式家中十分俭朴，收拾得里里外外都干干净净。

使者打开天窗说亮话，他问："卜式，你捐献的数目不少，莫不是希望皇上派你一个官职？"

"不！"卜式笑道，"我一个牧羊人，要官职有什么用？我自

卜式助边，选自《马骀画宝》。

小牧羊，也欢喜与羊相处，对畜牧事业，多少也有点心得，我不想当官。”

“噢，这样的话，你一定是蒙受什么不白之冤，希望朝廷为你平反？”使者自以为聪明地推测。

卜式笑了起来：“我这个人生性淡泊，凡事不与人争，欢喜赒（zhōu）济乡里，与朋友都相处和乐，哪有什么不白之冤？”

使者清一清喉咙：“这也不是，那也不是，你倒是说说看，你平白无故捐出这许多钱，到底希望什么报偿？”

“什么报偿我都不需要。”卜式正色道，“皇帝讨伐匈奴，我认为全国上下，应当有钱出钱，有力出力，我希望我们大汉朝繁荣兴盛，其他，我一无所求。”

“我会把你的意见报告给皇上。”使者告退，对卜式深深一鞠躬（jū gōng），“我钦佩你的无私，希望国家能有更多像你一样的人。”

卜式捐出了一半的财产，仍然牧他的羊，他似乎是傻，不过，他想到他也尽了一分力量，觉得自己是个有用的人，有能力回馈（kuì）社会，他忙得更起劲了。

司马迁忍辱发愤写《史记》

中华民族是一个最重视历史的民族，远在西周以前，中国人就懂得历史记载的重要，常由政府特置的史官来专管这项工作。那些史官是专业的，同时也是世袭的。司马氏一家，便一直担任史官的职位。而司马迁更是中国历史上最伟大的历史学家。

司马迁的父亲——司马谈也是一位渊博的学者，他很重视小孩子的教育，希望司马迁将来能继承自己的工作与理想，完成一部比孔子的《春秋》更伟大的历史巨著。因此，当司马迁十岁的时候，司马谈就请当时的名学者孔安国教他《尚书》，董仲舒教他《春秋》。

除了“读万卷书”，司马迁又在父亲的鼓励下“行万里路”。他在二十岁那年，骑马乘舟游历各地，考察史迹，访问遗老，搜集历史资料。

在江苏淮（huái）阴，他听当地父老讲着韩信从一个无赖的胯下爬过去，惹得众人耻笑；到沛丰听说刘邦曾一文不名去赴宴，在酒席上却嚷着自己出一万钱，这种阔气，使得主人吕公当场把刘邦收为女婿。

往西走到了湖南，在沅（yuán）湘之间，这里的土人祭神时仍唱着屈原作的《九歌》，司马迁特地去看了看屈原投水的汨（mì）罗江，他伤感地哭了；同时长沙也是天才少年贾谊不得志做《鹏（fú）鸟赋》的地方，司马迁忍不住又叹息起来。

再往北走，他到了山东孔子讲学的地方，参观孔庙里摆列的各种车服礼器，以及儒生们讲礼习乐的情形，他尽量地呼吸着文化的遗泽，对他历史知识的充实，文章气势的培养，都有很大的帮助。

司马迁从远方游历回来，先补为博士弟子员（优等的成绩），第二年因岁试得到高第，做到郎中。

这时，他的父亲司马谈病重，临死之前，司马谈握紧儿子的手，流着泪说：“我希望你能完成一部伟大的史书，扬名后世，那我这做父亲的也会感到无比的光荣。”

三十二岁的司马迁，正一心一意完成不朽的著述——《史记》时，发生了一件大事，扭转了他一生的命运。

读者们还记得射箭穿石的飞将军李广吗？这时他的孙子李陵已长大成人，也长于骑射，谦和仁爱，汉武帝很喜欢他，派李陵出兵攻打匈奴。

李陵率五千步兵，深入匈奴一万多里，杀伤敌人数万。朝廷的大臣们争相举起酒杯，向汉武帝祝贺，个个都说：“李陵勇敢！”“李陵就和他祖父一样神奇！”

司马迁，选自《历代名臣像解》。

没有几天，李陵被部下出卖，中了匈奴的计，兵败如山倒，最后投降了。满朝大臣们看到汉武帝铁青的脸，大家嚷着：“李陵有罪！”“李陵该下地狱！”“灭他的族！”

司马迁晓得李陵勇敢、善战、爱部下，只要李陵一句话，士兵们都愿流着泪，带着伤，拿着没有箭的弓，去和敌人拼命的。因此，虽然他和李陵没有深交，很少来往，当汉武帝问他的意见时，司马迁很坦诚地说："现在许多人讲李陵的坏话，只是因为他平日少与人应酬，做人不周到，不会巴结。其实，李陵绝不会输于古代任何名将，他现在虽然失败了，但一定是想将来找机会报仇。况且，无论如何，他已杀了那么多匈奴，对国家很有贡献。"

没有想到，汉武帝大发脾气，认为司马迁不但在为李陵讲情，更在讽刺这次功少的李广利（李广利是武帝所爱的李夫人的哥哥）。因此，立刻把太多情、太热心、太有正义感的司马迁关到牢里去了。

照当时的规矩，出钱可以赎罪，但是司马迁为人正直廉洁，怎么拿得出五斤黄金呢？又因为骨头硬，一向不屑逢迎有钱有势的大官；而和他要好的人，又怕惹麻烦，不敢出面援救。武帝误信谣言，以为李陵在帮匈奴练兵（其实是李绪），一怒之下，把李陵的母亲、太太、儿子全杀光了。同时，使司马迁受了腐刑——便是和太监一般。

司马迁受到这种奇耻大辱，悲愤得想要自杀。这时候，他父亲司马谈的遗言在他耳边响起，他跳起来说："对啊，死有重于泰山，有轻于鸿毛。自古以来，只有最不凡的人，才能忍辱偷生，发愤著作，永垂不朽。周文王被关在羑（yǒu）里演绎了《周易》；孔子在陈蔡绝粮写成《春秋》；屈原在被放逐而作《离骚》；左丘明瞎了眼睛而写成《国语》；孙子被砍掉两脚而写成《兵法》。"

从此他发愤著作，以广博的学识，锐利的眼光，丰富的体验，雄伟的气魄，写下了一百三十卷《史记》。这是中国历史上最伟大的史书，也是后代正史的蓝本，更是了不起的文学著作。这是祖先留给我们的宝贵遗产。

汉武帝与巫蛊案

西汉初年是中国历史上光辉灿烂的大时代，文治武功都十分兴盛，像司马迁、司马相如的文章；卫青、霍去病的功业；苏武、张骞（qiān）的外交，都是千古流传的不朽盛事。而笼罩这一切的，是汉朝的象征人物——汉武帝。

汉武帝是汉景帝的儿子，十几岁开始执政，统治中国超过半个世纪。他从小好奇、浪漫、爱冒险。在即位以后三年（二十岁）时，经常穿着平民服装出外打猎，自称为平阳侯。有一回住在别人家里，被人误以为是小偷，差一点儿被灌了一嘴的尿。

在汉武帝以前，汉朝一直是采用屈辱的和亲政策，送财物、嫁公主以讨好匈奴。他即位以后，积极消除外患，开拓疆土，使大汉声威远播各地。同时，采纳董仲舒的建议，崇尚儒学，设置五经博士。

打仗要花很多钱，因此，汉武帝十分重视经济，设立均输和平准法，避免不法商人操纵市场和做投机买卖。可以说，汉武帝对付汉朝的“经济犯”很有一套办法。

雄才大略的汉武帝，在求仙炼丹方面颇受后世的批评：在汉武帝二十五岁的时候，有一个叫李少君的，说自己通长生不老之术，曾经吃过一种枣，枣大如瓜，灵得不得了。

有人问李少君：“您多大了？”

李少君永远慢吞吞地回答：“七十。”别人也猜不透他到底有多大年纪。有一次，在大庭广众之下，李少君和一位九十岁的老头儿谈起老头儿祖父的事，大家都惊奇万分，算算看，李少君起码有好几百岁了。

从此以后，汉武帝开始向东海求仙，希望和李少君一般长生不老，永远享受当皇帝的荣华富贵。

元狩（shòu）四年，有个文成将军，自夸能招鬼神，武帝信以为真。文成将军说杀牛可得奇书，书上会有长生不老的方法。武帝把牛宰了，果然看见牛肚子里有书，书上有字，但汉武帝一眼认出这是文成将军的字迹，知道受骗，当场把文成将军杀了。这样，武帝应该觉悟了吧。可是偏不，他像抽鸦片一般，时时会瘾发。由于武帝的迷信，到了他的晚年，爆发了一宗悲惨的巫蛊（gǔ）案（毒害人的东西叫蛊）。

汉武帝，选自《三才图会》。

征和元年，有一天，汉武帝在睡午觉，忽然梦见有无数个木头人，手里拿着木棒，从四面八方向他打来，汉武帝吓得从梦中醒来，出了一身冷汗，衣服都湿透了。刚好江充来问安，汉武帝便把这个梦告诉了江充。

江充一听，马上脸色一变，很严肃地说：“糟糕，这是宫中有蛊气，非常危险，恐怕对皇上不利。”

“噢，有这种事？那你赶快去查，要快、快、快！”武帝吓得心惊肉跳，气喘不停。

原来，汉代社会里，流行一种巫术，那些巫师们教人埋木偶，当做报仇消恨的方法。武帝最怕被人暗算，因此时时担心有人用邪术诅咒他，闹得身体非常虚弱。

江充呢，是个大坏蛋，他派人到处埋木偶，然后再派人把木偶掘出，诬赖屋主，强迫屋主认罪。武帝很相信他，官民因而被害的，有数万人之多。

江充和太子刘据感情很坏，太子据为人宽厚，看不惯江充的胡作非为，江充害怕将来太子即位，对他不利，决定利用巫蛊加害太子。

汉武帝既然叫江充负责查巫蛊，江充带领一批人到处刨木偶，他跑到皇后和太子的宫中去掘地，刨到后来，连放床的位置都没有了。他告诉汉武帝说，木偶最多的不是别人，就是太子，并且他还拿出刨到的帛书，上面尽是骂武帝的词句。

太子据吓坏了，先发制人，领兵把江充杀掉了。江充被杀以后，武帝更一口咬定太子据有心造反，派兵攻打太子据，太子据被杀。

以后，武帝查明此事，心里很是难过，造了一座思子宫，里面有望思台，以凭吊太子。

汉武帝是一代名主，尚且免不了被神棍欺瞒，可见迷信的可怕，不可不慎。

汉武帝的爱情故事

中国古代的皇帝后宫都有三千粉黛、七十二妃嫔，这些美人虽然享尽人间的荣华富贵，受到天下人的羡慕，其实过得并不快乐。

大家也许还记得，汉武帝曾娶陈阿娇为皇后，这是“金屋藏娇”成语的由来，以后爱上卫青的姊姊卫子夫。美人禁不起老，因此汉武帝到了晚年，又有几件有名的风流韵事。

有个戏子李延年，音乐的造诣很高，他的妹妹也喜欢歌舞，生得姿容秀美，而且举手投足，体态轻盈。汉武帝一见就爱上了她，纳为妃子，称为李夫人。

汉武帝与李夫人过了一段快乐的日子，可惜红颜薄命，李夫人不幸染上重病，武帝召遍了名医诊治，还是挽不回她的生命。

到了病危的时候，汉武帝殷勤地再三探病，李夫人却用枕头被子挡住，不肯见皇帝的面，推说：“我容貌未修饰，不敢见皇上。”

汉武帝坚持要见李夫人，动手就要揭被子，没想到李夫人竟然扭转身，硬是不肯见皇帝，汉武帝气得一甩袖子便走了。

武帝走后，李夫人的姊妹们纷纷责怪她太固执，惹得汉武帝不高兴。

李夫人抽搐（chù）地哭道：“皇帝爱我，是因为我长得漂亮；我现在快死了，既丑又难看，皇帝见了必然嫌恶（wù），还不如让他留下一个完美的印象，也会对你们好一些。”

众人一听，方才了解李夫人用心之苦。不久李夫人死了，汉武帝哀痛不已，时时在梦中恍恍惚惚见她在跳舞。

汉武帝伤心过一阵子以后，马上又找到尹夫人、邢夫人两位美女。

古代后宫一向争宠争得很厉害，常常因此发生惨案，彼此明争暗斗，互不相让。汉武帝为免得麻烦，不叫她们相见。

然而，尹夫人很是好奇，不断吵着要见邢夫人。汉武帝拗不过她，找了一位宫女假扮成邢夫人。

尹夫人一见便摇摇头："这是假的。"因为武帝的标准很高，普普通通的宫女根本看不上眼。

武帝只好把真的邢夫人找来，邢夫人的衣着很普通，但是气质脱俗，惹人怜爱。尹夫人一见之下，先是目瞪口呆，然后，头一低，两行泪水缓缓流下。原来她自知比不过，心酸加上怄气，只有眼泪汪汪了。

邢夫人，选自《马骀画宝》。图中题款为：六宫粉黛总如尘，宠爱端宜在一身。谁道靓妆能夺目，故衣还愧尹夫人。

邢夫人笑笑，胜利地走了。尹夫人哭得是肝肠寸断，从此两人避不相见。所谓"尹邢避面"的成语，便出自此处。

后来，有一回汉武帝北巡通河，听说一件怪事。

有个赵家少女，生得美艳绝伦，叫人不敢正视，却生了一种怪病，两只手始终紧紧握着拳头，怎么也打不开。

汉武帝觉得很有趣，派人去帮她张开，费了很大力气，依旧徒劳无功。于是亲自召见，奇怪的是，一碰汉武帝的手，拳头自然伸开来，里头握着一支玉钩。汉武帝大为惊奇，就把她带入皇宫，为她建了一座钩弋（yì）宫，封为钩弋夫人，也叫拳夫人。不多时，生下一子取名弗陵。

钩弋夫人，选自《马骀画宝》。

自从太子刘据被害死以后，武帝一直在积极找寻适当的继任太子人选，弗陵聪明伶俐，武帝十分疼爱这个小儿子，有意立为太子。

有一天，汉武帝与钩弋夫人正在有说有笑，武帝忽然脸色一沉，大发雷霆，钩弋夫人莫名其妙，不知哪儿得罪了皇帝，慌慌忙忙摘下发簪谢罪，没有想到汉武帝竟然说："去！去！你休想活了！"当天晚上就下诏赐死。

一代红颜便这样去了！武帝问手下："外边的人对此有什么看法？"左右道："大家都说，陛下要立钩弋夫人的儿子为太子。何苦先杀掉她？"武帝回答："主少母壮，是祸乱的开始，你没听过吕后的故事吗？"

原来汉武帝惟恐自己去世后，钩弋夫人引进娘家势力，大权旁落外戚之手，才出此下策。

上面的故事虽有些残酷，然而武帝不过贪图后宫佳丽的美色，彼此之间并没有真正的感情，所以也不足为奇。这真是"以色事人"的悲哀。

五岁大的皇后

在上一篇《汉武帝的爱情故事》中，说到武帝生怕钩弋夫人太年轻，当了太后会专权，先赐死她，再立弗陵为太子。

不久，汉武帝便去世了。太子弗陵即位，是为汉昭帝。武帝临死之前，把八岁大的昭帝托付给霍光，所有的政事由霍光代理。

霍光是大将军霍去病的弟弟，很有才干而且忠心耿耿。由于汉昭帝年纪太小，饮食起居要人照料，霍光请了昭帝的姊姊——盖长公主入宫帮忙，顺便处理后宫中琐碎的杂事。

盖长公主年纪轻轻就当了寡妇，她有一个情人丁外人时常入宫，这件事霍光也晓得，但又不便干涉，只希望她一心一意照顾昭帝。

昭帝始元四年，昭帝十二岁时，霍光的女儿嫁给上官桀（jié）的儿子上官安，生了一个女儿，模样挺逗人喜爱的，刚刚满五岁。上官安突发奇想，希望把女儿纳入后宫，成为汉昭帝的皇后。

上官安很得意自己的奇妙安排，但是霍光却浇了一盆冷水："不可以，不可以！她才五岁，怎么可以进宫？真是开玩笑。"

上官安依旧不死心，他认为反正皇帝也是个小皇帝，配一个小皇后有何不可？而且如果事情成功，自己便成为皇帝的岳父，那该有多么神气？

于是，上官安便跑去央求丁外人，丁外人也乐得卖个顺水人情。不多时，由盖长公主出面，宣召上官安的女儿入宫为婕妤（yú），紧接着，立为皇后。

五岁的小女孩，什么也不懂，竟然成为皇后娘娘，这也是天下少见的怪事。霍光虽然觉得不安，但外孙女儿当了皇后，也蛮有光彩的，便也不再反对。

上官安对丁外人的大力助成，心里非常感激，总想找个机会好好地谢一谢他，于是积极活动，好让丁外人封个侯什么的。

然而，任凭上官安在霍光面前把丁外人捧到天上，说得天花乱坠，霍光始终打定主意，不肯就是不肯。

上官安回家请父亲上官桀以亲家的身份说情。上官桀对霍光说："这样吧，封侯你不愿意，就封个光禄大夫如何？做人也不要做得太绝了，是不是呢？"

霍光一听这话，拍着桌子大骂道："丁外人无功无德，凭哪一点可以封官爵？这件事，以后不必再谈了。"

汉昭帝弗陵，唐阎立本绘。

上官桀碰了一鼻子灰，气得直跳脚。他自从上官安的女儿当上皇后，神气活现，有时入宫喝酒归来便大吹法螺："今天和我孙女婿喝酒，非常快乐，我孙女婿的服饰可漂亮哩，可惜我家里的器物太寒酸了。"说着动手就要烧房子。像这样一个得意忘形的人当然不能体会霍光公正无私的胸怀。

于是，以上官桀为首，纠合盖长公主、丁外人及一批不满霍光铁腕作风的人，酝酿一次阴谋。以燕王的名义弹劾（hé）霍光。

但是，昭帝看到报告只是笑笑，没有表示。

霍光有些害怕，跪在地上等候发落。

昭帝说："你放心吧，朕知你无罪。"

"陛下怎么知道？"

"报告是趁你去广明校（jiào）阅时送上来的，你一来一去不过十天，燕王怎么算得这么准？可见得有人搞鬼。我虽然只有十四岁，还不至于这么愚笨。"

霍光一听此话，两行热泪滚滚而下，一片忠心总算皇帝知道。从此，更是一心为国，造成了太平盛世。

后来，上官桀一不做二不休，竟然企图先干掉霍光，再废去昭帝，然而事迹败露，没有成功。

由此可见，一个正直的人要面面俱到，是绝不可能的，霍光固守原则，不肯袒护丁外人，甚至得罪亲人亦在所不惜。这种识大体、不苟且的精神，值得我们效法。

荒唐的刘贺

汉昭帝在元平元年，忽然得了一种怪病，不多久便去世了。死时只有二十三岁而已。才十五岁的上官皇后没有生孩子，大汉江山的帝位该由谁来继承呢?

霍光和大臣们商议的结果，决定由昌邑王刘贺继立。刘贺是汉武帝的孙子，算起来是昭帝的侄儿，便作为昭帝的过继儿子。

刘贺五岁便继承了他父亲昌邑王的爵位，平日最喜欢打猎、玩女人，中尉王吉、郎中令龚遂经常劝他，他一听，总是用双手掩着耳朵逃到房间里去，照旧我行我素。

当朝廷的使者前来之时，已是三更半夜，因为事关重要，直接进入王宫，宫中的侍臣把刘贺叫醒，刘贺起来接过上官皇后的命令，才看了几行，马上手舞足蹈地大叫："哇！我要当皇帝了，我要当皇帝了！"高兴得快要发疯了。

他这么一喊，把宫里的厨子、看门的全部吵醒了，大家纷纷跪在地上磕头、道喜、喊万岁，并且要求刘贺带他们入皇宫。刘贺正在兴头上，一概答应："好，好，没有问题。"便忙着上路了。

刘贺自己骑了一匹马走在前头，人逢喜事精神爽，他猛挥马鞭向前奔驰，快得像追风逐电一样，一口气跑了一百三十多里。

到了定陶，刘贺往背后一看："怎么人都不见了？"只好在驿站等候。等了好一会儿，他手下的三百人才气喘吁吁地赶到，个个都说："马不行，马太糟了，根本跑不动。"

原来，各驿站的马匹有限，都以为王爷进都，了不起带个几十人，谁晓得刘贺竟然带了三百人之多，哪儿有这么多好马呢？只好以坏马充数，坏马不耐长途跋涉，纷纷倒地死去，龚遂看不过去，建议削去一半随从，刘贺也赞成。然而，那些随从个个都想攀龙附凤，都说自己是亲信，不肯折回，弄得左右为难，折腾了半天才挑了五十个人上路。

第一天到了济南，济南有两样土产大大有名，一种是叫起来声音拉得长长的长鸣鸡，一种是竹子做的拐杖积竹杖。刘贺对此很有兴趣，嚷着："停下来，停下来，多买一些。"其实，他到宫中以后，根本不需要这两件东西，但是他不管，一买就是一大堆。

霍光，选自《历代名臣像解》。

过了不久到了弘农，刘贺发现沿途有许多美女，兴奋极了，暗地里派人把漂亮的女子送到驿站里去。手下为了讨好新皇帝，沿街搜索，凡是略有姿色的都难逃厄运，一把抢拉上车，送往驿站。

龚遂听说这件荒唐事，连忙去问刘贺，刘贺死也不肯承认，龚遂于是作主把这些吓坏了的妇女放掉。

一路上吵吵闹闹，做尽了荒唐事，终于

到了长安门外。根据礼节，奔丧时望见城门便应该痛哭流涕。刘贺想着马上就要当皇帝了，一颗心高兴得发抖，哪儿挤得出眼泪呢?推说："我喉咙痛，没有办法哭。"勉强干嚎了两声，意思意思。

霍光接到沿途官员上的报告，知道皇帝是这样一个花花大少爷，十分忧虑。他和大司农田延年商量这件棘手的事。

田延年说："你既然知道刘贺不配当皇帝，何不告诉太后，换一位皇帝，总不能让汉朝败在他手上。"

霍光有些为难地说："古代有没有这样做过?"

"有啊，以前伊尹当宰相的时候，曾把太甲软禁在桐宫，后代称之为圣人。"

霍光把刘贺的种种劣迹告诉了上官太后，刘贺到手的帝位便这样飞了。

据史书记载，昌邑王刘贺只当了二十几天皇帝，但在二十几天中，竟做了一千一百二十七件错事，这个记录实在惊人，几乎每分钟都在做错事。可惜，史书中并没有把这些错事的内容记下来，所以我们不知道昌邑王怎么做了那么多错事。

上官太后本是霍光的外孙女，当然同意外公的主意，于是，用太后的名义，下令废昌邑王的皇位。

在监狱里长大的皇帝

汉昭帝去世以后，新任的皇帝刘贺荒唐无知，被霍光作主给废了。那么，由谁来继承皇位呢？

朝廷里的文武百官为这件事伤透了脑筋，大家讨论来又讨论去，始终提不出适当的人选，足以挑起领导全国人民的重担。

这个时候，光禄大夫丙吉向霍光提出了一个报告。他说，汉武帝的曾孙病已，由宫廷抚养，如今已有十八岁了，从小研读《诗》、《书》、《论语》、《孝经》，节俭朴素，仁慈爱人，可以立为皇帝。

霍光看了报告以后，询问大家的意见，太仆卿杜延年说："对，我也听说病已人品不错。"其他人也没有反对，病已正式继任为汉朝的皇帝，是为汉宣帝。

病已的童年，有一段曲折离奇的故事。

他是汉武帝太子刘据的孙子，刘据起兵杀江充，武帝派兵杀死刘据，家里的人受到了牵累都被处死，当时病已刚刚出生不久，还在襁褓（qiǎng bǎo）之中，虽然免去一死，却也被关进了监狱。

那个时候，恰好廷尉丙吉奉命查监，他看到这个尚在襁褓中的小男孩，蜷缩在牢中一角，哭个不停，眼睛里涌满了泪水，伤心又无助地望着四周，可怜得要命。

丙吉走过去，一把抱起了病已，哄着他："乖乖，不要哭，不要哭。"说也奇怪，这小婴儿竟然破涕为笑，机伶伶地望着丙吉，也不怕生。

丙吉摸摸病已的嫩脸孔笑说："这个娃娃长得好可爱，你们看看，眼睛多亮啊。"说完，又长叹一声，"真可怜，没有爸爸，没有妈妈，又关在牢里，怎么活下去？"仁慈的丙吉，命令两个女犯，一个姓赵，一个姓胡，轮流喂病已奶，他自己每天还亲自去察看一下。如此，病已这条小命才保住了。

后元二年，汉武帝在五柞（zuò）宫养病，听术士说，长安的监牢里有天子气，非常危险。古代皇帝最害怕有人篡（cuàn）位，因此，武帝下了一道命令，把长安监牢里的犯人，不论年纪大小，一律处死，以绝后患。

使者奉了命令来到监牢，丙吉不让使者进去，对他说："怎么可以滥杀无辜呢？何况牢里还关有皇帝的曾孙。"使者跑去告诉汉武帝，武帝说："这真是天命了。"接着下了一道赦免的命令，所有狱中的罪犯，一律免死。

丙吉，选自《历代名臣像解》。

病已渐渐长大了，他的身子弱，时常闹病，每次都是丙吉请医生诊治，才没有事。丙吉觉得，一个小孩子在牢里长大，实在不适宜。

在病已八岁的时候，丙吉把他送到他

的外祖母史贞君处抚养。史贞君年纪虽然大了些，但是看到外孙，又怜惜又爱宠，就小心翼翼抚养他长大。汉武帝临终时，想起还有这么一个曾孙，遗命交给朝廷收养，病已又回到了京师，由掖庭令张贺照顾。

谁也没想到当年在监牢里嗷嗷待哺的孤儿，有朝一日竟然当上了皇帝，这不能不归功于丙吉当年的救命之恩。但是丙吉为人深沉敦厚，从来不提这件事，病已当时年幼，也不记得丙吉，只对张贺有印象。

这时，有个叫则的女人，曾在宫里当女佣，后来嫁给一个老百姓，上书给宣帝，说自己有抱养宣帝的功劳，并且说御史大夫丙吉知道得很详细。

掖庭令带着则与丙吉当面对质。丙吉说："不错，我还记得你，你是抱过皇帝，不过当时你粗心大意，笨手笨脚，常挨我的责骂，怎么能算有功呢？真正有功的，是喂奶给皇帝的渭城胡组、淮阳赵征卿。"

宣帝这才知道丙吉是大恩人，以及行善不欲人知的德行，拔举他当丞相，并且赐钱给姓胡的及姓赵的两个女子的后代。

由于宣帝自幼生长在民间，身世坎坷，深深了解百姓的疾苦。即位以后，信赏必罚，增加国家力量。尤其重视地方吏治，地方官吏政风良好的，不轻易更换。国家太平，人民幸福，是汉朝的黄金时代。

许皇后遇害

自从宣布病已为皇帝以后，霍光的太太霍显一心一意想把女儿成君纳入宫中，做一个现成的皇后。在霍显看来，霍家财大势大，连汉宣帝也是霍光一手扶上帝位的，谁还比成君更够资格当皇后？何况成君长得楚楚动人，人见人夸。

偏偏天不从人愿，汉宣帝竟然立他在做平民时就结婚的妻子许平君为皇后。平君是个织染工的女儿，曾和别人订过亲，没想到对方病死了，改嫁给宣帝。而她的父亲还犯过罪，被判了刑。霍显认为，这样的一个女子，实在不配当皇后。因此非常失望，成天长吁短叹，满怀不平。

汉宣帝本始三年的春天，许皇后怀孕了，眼看着就要分娩，忽然身体不舒服，吃不下饭，也睡不好觉。

汉宣帝非常着急，找了许多御医会诊，并且宣召女医生入宫，以便日夜在旁照顾。

其中，有一个掖庭户卫淳于赏的妻子衍，略通一些医道，被征召入宫。衍常去霍家走动，和霍显的私交不错。

淳于赏曾对衍说："你有便就去求求霍显，请她帮忙在霍光面前说一说，让我换一个安池监（jiàn）做，那可比现在的掖庭户卫要强得多。"

衍趁着要入宫伺候许皇后之前，把丈夫的请求转告了霍显。霍显一听，眉毛一挑，努努嘴，左右都知趣地离开了。

“来！”霍显亲热地拉着衍的手，走到了一个秘密的小房间，说，“坐下，我们慢慢儿谈。你丈夫的事情，绝没有问题，你放心好了。不过，我也有一件事想麻烦你，不知道你肯不肯。”

衍没有料到这么容易便办妥了丈夫交代的事，正想着回去以后，一家人不晓得有多欢喜，感激地笑道：“夫人的命令，哪儿有不肯的呢？”

“那就好！”霍显满意地点点头正色道，“霍光大将军最疼四女儿成君，希望她荣华富贵。”

衍心想，每一个做父母的，都希望儿女过得好，这是人之常情，但和自己有什么关系呢？衍狐疑地望着霍显，不好意思地笑笑：“我不懂夫人的意思。”

霍显附在衍的耳旁悄悄地说：“女人生产很危险，九死一生，现在皇后要生产了，你正好可乘机把她毒死。她一死，成君便有希望了。到时候，我会好好报答你的。”

衍一听，呆若木鸡，脸色死白，愣了好一会儿以后，才双手乱摇道：“药是医生配好的，吃药之前，还要先经别人品尝，我恐怕帮不上忙。”

“哼，只要你肯，怎么会没有办法？现在霍将军掌管天下，谁敢多言？除非是你不愿意帮忙。”说着，霍显塞了一包毒药在衍的手里。

不多时，许皇后顺利生下一个女孩子，只是产后身体虚弱，需要调养，御医配了一服药，衍乘机把毒药掺进去。许皇后吞下后气喘如牛，转身问衍：“我头好疼，好疼！快要裂了，莫非药里有毒？”衍答道：“怎么会呢？”问御医，御医也不知什么原因。只见许皇后额上直冒冷汗，两眼一翻，一命归天了。幸好，她在此前已生下一个儿子奭（shì），就是后来的汉元帝。

霍显母女狼狈为奸

汉宣帝听说许皇后死了，大为震怒，下令彻查。

刚做过亏心事的淳于赏的妻子衍一进家门，就被捕吏逮个正着，关进了大牢，眼看着要供出背后的阴谋者。

霍显接到消息，吓得花容失色，手心直冒冷汗，硬着头皮把事情的经过告诉了霍光。

“什么，竟然是你派人干的？”霍光一听又气又怒，狠狠地把霍显臭骂了一番。为了保全身家性命，霍光跑去找汉宣帝。

“陛下，许皇后崩逝，一定是命中注定的，如果一定要把过失加在医生头上，未免有伤皇帝的仁慈，谁有这个胆子毒害皇后呢？”

汉宣帝认为霍光分析得有理，下令将医生们一律释放，淳于赏的妻子衍被放出来以后，以泄漏此一秘密为要挟，不断地勒索霍显：盖房子，雇佣人，买田产，霍显也只有依着她。

许皇后过世后，霍显立刻进行为女儿成君拉拢的事，宣帝也答应了，封她为霍皇后，小两口非常恩爱，霍显总算如愿以偿。

宣帝地节二年，此时霍光已年老病死。宣帝以为储君未立，有碍国本，下令立许皇后所生的儿子奭为太子。

泼辣的霍显为此气得吐血，滴水不进，她叉着腰骂道：“呸！这个小孩是皇上在没有当皇帝以前在民间生的，怎么可以当皇帝？而且他当了皇帝，那以后我女儿生的儿子岂不只能封王了吗！天下哪有比这个更不公平的事？我费尽心机才帮忙抢到皇后的位置啊，天啊！”

于是，残忍的霍显又重施下毒的伎俩，她塞了一包毒药给霍皇后，悄悄地说：“找个机会把太子干掉，知道吗？”

从此，霍皇后对太子奭（shì）疼爱得不得了，不是喂他吃饭，便是命令厨房做小点心，准备把毒药掺在里头，拔除自个儿的眼中钉。

怪的是汉宣帝似乎早有预感，他派了一个保姆跟在小太子的身后，寸步不离。太子喝的每一滴水，吃的每一口饭，都要先由保姆尝过以后，太子才吃。霍皇后没有法子下手，气得牙齿吱吱咯咯作响，恨不得下个命令把保姆杀了。

汉宣帝冷眼旁观，发现霍皇后虽然表面上极力笼络太子，其实呢，只要宣帝一走，立刻换了一副嫌恶的脸色。他心中疑云大起，开始回忆许皇后去世时的细节，如今想来，不无可疑之处……

经过汉宣帝的仔细调查，愈来愈发现霍显嫌疑最大，难脱关系。

于是，宣帝渐渐疏远霍家的人，当时霍光的儿子霍禹，霍光的侄孙霍山、霍云都在朝廷担任要职，他们也感到宣帝对他们开始不信任。

不久，宣帝把霍家的子弟们逐渐调离中央去做地方官，霍显和霍禹、霍山、霍云见霍家的权势日渐没落，常常相对哭泣。

有一天，霍显等人又聚在一起，霍山说：“最近朝廷上许多人都在指摘大将军（指霍光）的过失，批评我们霍家，皇上显然渐渐相信他们的话，更可怕的是近来民间传说我们霍家的人毒杀许皇后，哪有这种事？真是胡说八道，岂有此理。”

听了霍山的话，霍显脸色惨白，知道事态严重，便把自己如何主使女医毒杀的事全部说了出来。霍禹、霍山、霍云听到霍显的自白，一个个大惊失色。

“竟有这样的事，为何不早告诉我们？”霍禹说，“这是大事，如果被揭发出来，那我们霍家就完蛋了，该怎么办？”

大家商量的结果，准备谋反。

这时，霍禹、霍山家里常闹鬼怪，霍家的人都很忧虑。霍山设计，太后设宴邀丞相与大臣入宫，乘机埋伏军队杀掉丞相与重要大臣，并且废去皇帝，立霍禹为皇帝。

霍家的计划被家奴听到，立刻告密，宣帝下诏逮捕霍家的人，霍显、霍禹被处死，霍山、霍云自杀，霍家的亲戚朋友受到牵连的多达一千多人，有些被杀、有些坐监牢、有些被免官。霍皇后也被废，打入冷宫，十年以后，霍皇后在冷宫中自杀身亡。

正史中的王昭君

“王昭君……闷坐在雕鞍（diāo ān）……思忆汉皇……”一听到这首哀怨动人的歌曲，我们眼前立刻浮起了王昭君抱着琵琶边唱边哭的情景。但是，事实上王昭君的故事和一般传闻的并不完全相同。吴姐姐要告诉大家王昭君真正的故事：

汉宣帝在位二十五年去世，由太子奭（shì）即位，是为汉元帝，国势逐渐衰弱。像任何一个朝代一样，中国力量小的时候，四夷外族渐渐就不服，蠢蠢欲动。

元帝竟宁元年，匈奴王呼韩邪自请入朝，要求做汉朝的女婿。元帝当然不敢不答应。

和亲政策创于西汉初年，刘敬向汉高祖建议，以皇帝的亲生女儿嫁给匈奴单于，并备有丰厚的嫁妆，使匈奴单于在“名”分上是皇帝的女婿，又有嫁妆之“利”可得。在名利双重诱惑之下，不致与汉朝敌对。不过，汉高祖并没有把真正的公主嫁给单于，以后成为一种惯例，将宗室女子嫁给单于，求取短暂的和平。

在汉武帝时代，他东征西讨，扬威异域，没有所谓的和亲政策。到了汉元帝，他是一个比较差劲无能的君主，为了讨好呼韩邪单于，准备找一个后宫女子嫁过去。

主意已定，汉元帝便吩咐：“来啊，把宫女图给我取来。”拿来以后，他随意翻了一下，提起御笔点选了一人，然后拣选吉日，采办嫁妆。

等到佳期已到，宫女前来辞行，汉元帝不看还好，一看之下，发现竟是一个绝代美人，削肩细腰，粉颊绯红，体态身材无不动人，尤其是双眉微蹙（cù），眼中似有无限哀怨，只见她轻轻拜倒，娇滴滴地说道："臣女王嫱（qiáng）见驾。"

王嫱字昭君。王昭君这么一呼唤，把汉元帝的魂都勾住了！他停了好一会儿，倒抽了一口气才结结巴巴地问："你，你什么时候进宫的？"

一问之下，才知道原来王昭君已进宫好几年。"奇怪，宫中有这么一个美人儿，我竟然不知道，白白便宜了胡人，哼!"

汉元帝赶忙把宫女图拿来一一核对，只见图上的王昭君是草草描成，毫无生气，看来是个呆头呆脑的笨女人。再把以前选中的宫女的图画打开来看，倒是花容月貌，比本人要强上三分。汉元帝大发雷霆，在朝廷上咆哮："这到底是怎么一回事？"说着，把宫女图狠狠摔在地上。

原来，这是画工毛延寿搞的鬼，他是历史上极有名的画家，善于写生，只是为人卑鄙，看准了每个宫女都巴望能得到皇上的宠幸。因此，只要是送了红包的，毛延寿从画笔

昭君出塞，清倪田绘。

上添加几分风韵，丑女也能变成美人儿。

至于王昭君，她知道自个儿长得美，又生性奇傲，不屑（xiè）去贿赂毛延寿，因此一直被冷落在后宫。

汉元帝自从见过王昭君以后，日夜难安，连做梦也都是王昭君的俏模样。王昭君也看得出皇帝对她有情，但是势已至此，又能如何呢？

于是，王昭君满心不愿意地上路了。她走的时候，其实并没有怀抱琵琶；抱琵琶在马背上唱歌的，是王昭君之前的乌孙公主。这一段故事，只是后人怜惜她而加上去的。

不过，据说王昭君在到匈奴的路上作了一首怨歌，这首歌流传至今，内容描述途中景色和思念父母的心情，相当凄凉，但不是我们今天熟悉的《王昭君》这首流行歌曲。

匈奴呼韩邪单于迎得美人归，欣喜欲狂，称王昭君为宁胡阏氏，对昭君十分宠爱。由于爱昭君，呼韩邪单于对汉朝特别恭顺，上书给元帝表示愿意为中国看守北方疆土。从此，匈奴成为中国北方的附庸。

王昭君到了匈奴以后，也并没有因为思念汉皇，不从胡礼，服毒自尽。这都是后人凭空臆造的。根据正史记载，王昭君生了一个儿子，叫伊屠智牙师。呼韩邪单于死后，她被呼韩邪单于的大儿子（不是王昭君所生）强占，生下两个女儿须卜居次、当于居次。在匈奴，做儿子的在父亲死后，娶后母为妻是很平常的事，叫做“烝（zhēng）报”，已成为一种习惯。

王昭君一生坎坷，老死塞外，成为和亲政策之下的牺牲品，而和亲政策只是一剂短暂的止痛剂，没有实质上的效果。不论古今中外，国家弱小，注定要受外人欺负。

赵飞燕与温柔乡

从汉元帝开始，汉朝的国运一天不如一天，元帝懦弱无能，没有魄力，因此大权旁落，朝廷之中全是宦（huàn）官、小人用事。他在位十六年去世，由太子刘骜（ào）即位，是为汉成帝。

成帝十九岁登上帝位，他是一个糟糕的新君。翻开中国的历史，我们可以发现，创业帝王都是奋发有为，励精图治，而愈到朝代末期，愈多是昏庸的君王。这是因为：一方面后代子孙未必继承上一代的聪明才智；另一方面，自小生长在后宫，养尊处优，难以

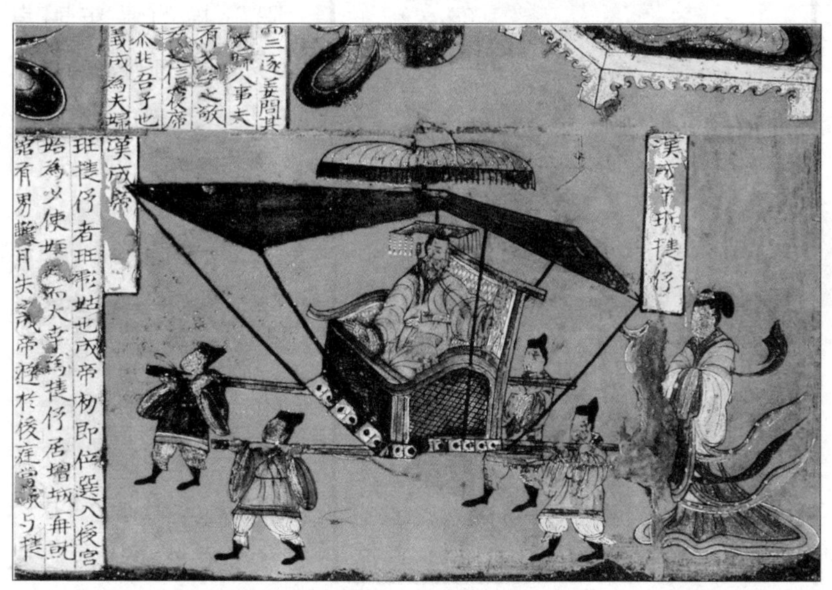

汉成帝，佚名绘。

了解民间疾苦，成天吃喝玩乐，不好好读书，也没有远大的理想，国势就衰弱了。

同时，后宫中总难免有些不务正业的王公贵族引诱着皇帝去做坏事。汉成帝喜爱玩乐，禁不起怂恿，时常偷偷换上轻衣小帽，骑着一匹快马出去找乐子：斗鸡、走狗，当然也不免找漂亮的女子。

有一天，他到了阳阿公主家，发现了一个女郎，身材纤瘦，弱不胜衣，跳起舞来，裙带飘扬，好像要乘风飞去，仿佛凌波仙子下凡来。

汉成帝看呆了，一问之下，知此女名叫宜主，由于身轻如燕，体态轻盈，当时的人都称她为飞燕。后人有一句成语“环肥燕瘦”，形容美女体态不一，各有千秋。“环肥”指的是唐明皇（玄宗）的宠妃杨贵妃（玉环），她是个胖美人；“燕瘦”就是指的赵飞燕。

赵飞燕，选自《马骀画宝》。

赵飞燕有一个妹妹赵合德，也是个绝代美人，很得汉成帝的欢喜，还封她一个号——温柔乡。汉成帝曾经叹息道：“我愿意终老此乡，何必去学什么汉武帝？”

为了讨好美人，成帝不惜花费巨金装修宫殿，他以黄金为槛，白玉为阶，墙壁的横木之中，嵌入蓝田璧玉，再镶上明珠翡翠，此外，一切布置都玲珑巧妙，光怪陆离，还有奢丽的百宝床、九龙帐、象牙箪（dān）、绿熊席，全都是世间罕有的珍奇。

汉成帝自从得到这对姊妹花以后，事事听她们摆布。赵氏姊妹品德不好，贪婪奢侈，弄得怨声载道，汉成帝倒很快乐地沉醉在温柔乡之中，封赵飞燕为皇后，赵合德为昭仪。

光禄大夫刘向看得忧心忡忡，搜集古代诗书中所记载的贤妃贞女写成《列女传》，献给汉成帝，希望成帝轻色重德。成帝看了，连连点头称“写得好”，但是看完以后，顺手一扔，仍旧过着骄奢淫逸的放荡生活。

由于汉成帝不问政事，因此，国家大权都落到母亲王政君娘家的人手里。他把政事一切托给舅舅王凤，更在一天之内连着把五个舅舅——王谭、王商、王立、王根、王逢时，一股脑儿统统封为侯爵，人称为“王氏五侯”。以后王莽能够篡（cuàn）汉，实在是成帝一手造成的后果。

在汉成帝在位的二十六年之中，黄河泛滥，盗贼四起，朝廷之中反对王氏当权的一概被陷害，汉成帝却始终沉醉在奢靡（mí）的、腐化的温柔乡里。

以后，汉成帝去世，因为没有儿子继承，迎立侄儿刘欣继位，是为汉哀帝。

王莽的故事

在汉成帝时代，政权逐渐地落入成帝的母亲——王政君娘家的人手里。

成帝的舅父王凤做到大司马大将军，成为朝廷中最有权力的人物。王凤有兄弟八个人，河平二年，成帝在同一天内封王凤的弟弟王谭为平阿侯、王商为成都侯、王立为红阳侯、王根为曲阳侯、王逢时为高平侯，人称一日五侯，可见王家的权势真是显赫极了。

由于王家的财大势大，因此，王姓子弟个个衣着光鲜照人，出手大方，常常彼此竞争谁最够排场，最花得起钱。

在奢侈豪华的王姓子侄之中，只有一个人最为俭朴，他便是王莽（mǎng），王政君哥哥王曼的儿子。

王莽的父亲很早就去世了，他侍奉母亲及守寡的嫂嫂非常孝顺，对待叔叔、伯伯、亲戚朋友礼貌周到，勤俭而好学，很得乡里的称赞。

由于王莽的父亲去世很早，所以王莽没有能封侯。对于这件事，王政君太后及当时辅政大臣王凤（王莽的伯父）都非常难过，一直觉得对不起王莽。

刚好这个时候，王凤生了一场大病，王莽日夜守候病榻（tà）旁，不眠不休，亲尝汤药，一连几个月下来，王莽形容憔悴，满脸胡子，蓬首垢（gòu）面，看来比亲生儿子还要孝顺，还要体贴。王凤感动极了，在临终之前，哽咽地叮嘱王太后及汉成帝："千万要照顾王莽，他太好了！”

在王凤的大力推荐，以及许多读书人共同赞扬之下，王莽被封为新都侯，不久，官拜骑将尉，紧接着升为光禄大夫，官位节节升高，继而成为辅政。地位愈高，他表现得愈谦虚恭谨，而且经常捐钱、献田，周济贫民，博得朝廷内外一致的赞美。

有一次，王莽的母亲病了，公卿大夫们各派自己的夫人前去慰问，这些官太太平日穿着很讲究，彼此争奇斗妍，她们到了王莽家，王莽的妻子出来接待客人，竟然衣不着地，破破烂烂。要知道，当时一般女子都是衣裙长得可以曳（yè）地的，难怪她们都误以为王莽太太是王家的一个女佣呀。

同时，王莽家中待客的茶点，只有寒酸的一两色，似乎也和王莽的身份不太配合。所以，这些夫人们回去以后，当做一件大新闻似的到处传播，都说大司马家里节俭极了。

不久，汉成帝去世，哀帝即位。哀帝是个昏庸的君主，他用母亲（丁氏）、祖母（傅氏）的亲戚主政，王莽和傅家的人有过冲突，所以辞职回到了乡里。

汉哀帝真是悲哀，在位仅仅六年便一命归天。这时候王政君已当了太皇太后，她又把王莽召回宫。

长裙曳地的西汉贵族妇女，陶俑，陕西兴平县西吴乡齐家坡出土。

王莽所作所为真像个君子，王政君对他非常欣赏，事事委托于他，王莽复职后第一件大事，就是迎立汉平帝为帝王。为什么挑中汉平帝呢？因为他才九岁，不能亲政，国家内外大权，都由王莽一手包揽。

王莽为了巩固大权，演了许多把戏，他靠着太皇太后王政君的帮忙（王政君是王莽的姑母，汉元帝的皇后），官爵步步高升，最后，被封为安汉公。王莽的许多举动，让人们觉得他像是一个圣人。

王莽平日生活节俭，他常把自己的薪俸和财产拿去救济穷人，穷人们简直把王莽看成是大慈善家。

王莽为了拉拢读书人，特别注重提倡学校教育，京师里的太学办得很好，让全国的士人都觉得王莽是他们的导师。

汉代是一个迷信的时代，人们十分相信鬼神和符瑞。所谓符瑞就是平时很少见到的事物，而这事物被认为是代表吉祥。王莽掌权之时，出现了大量的符瑞，人们相信那是王莽的恩德感动了天地。于是上自王公大臣，下至贩夫走卒，纷纷上书给皇帝，歌颂王莽的功德。有一年，朝廷要赐田给王莽，王莽不肯接受，就有四十八万七千五百七十二人上书给政府，请求政府要赏给王莽更多的田地。

平帝十二岁时，有人建议可以为皇帝立皇后了。王莽想维持自己的权位，在大臣们的安排之下，把自己的女儿嫁给平帝。

皇帝结婚是一件大事，朝廷送了大量的聘礼给王莽，王莽退回了大部分，只收了五分之一，而且把收下的聘礼转送给贫困的人，这更让人们感觉到王莽的高超人格。

王莽的改革和失败

平帝渐渐长大了，对王莽的作风很不满意，也逐渐露出“不想再当傀儡（kuǐ lěi）”的态度，王莽也感觉到了，于是“怒从心上起，恶向胆边生”……

在冬季腊月里，王莽趁着一次宴会上酒的时候，偷偷把毒药羼（chàn）在酒中，献给平帝。平帝一喝下去，立刻肚子疼得像火烧一般！他大声地喊叫：“王莽要杀我了！”

王莽立刻用别的话岔开，而且故意讲得很大声，好让别人听不到平帝的哀嚎。不久，可怜的平帝，咽下了最后的一口气。

毒死平帝以后，王莽发现，九岁的皇帝还是太大，以后该找一个更小的。他千挑万选，居然选了一个两岁大的刘婴。他还装腔作势地抱着两岁大的孺（rú）子婴举行郊祭，祈祷国家太平。

两岁的小皇帝当然不能掌理朝政，于是文武大臣和百姓们又纷纷上书，请求王莽代理皇帝。这时，在陕西武功县发现了一件符瑞——在一口井中吊出了一块白色的石头，石头上有几个红色的字——“告安汉公莽为皇帝”，当然，这块石头很快送到长安。

王太皇太后并不相信这块白石是符瑞，她想到那是有人刻的。但在当时强大的民意要求之下，真是左右为难。

太保王舜对王太皇太后说：“事已如此，无可奈何，你要挡也挡不住。幸好王莽没有太大的野心，他只是要代理皇帝，来加重权势而已。”王太皇太后不得已，只好下诏书任命王莽代理皇帝。王莽在祭祀天地宗庙时自称“假皇帝”，“假”就是代理之意；臣民称王莽为“摄（shè）皇帝”，“摄”也就是代理的意思。

不久，王莽利用政治权力与民意，强迫小皇帝让位给自己，王莽还表示谦让，小皇帝则一再歌颂王莽的功德，一定要让位。最后，王莽只好接受小皇帝的禅让，登基成了真正的皇帝，改国号为“新”。

王莽接受小皇帝的让位，在形式上好像是尧舜的禅让，但是，实际上，小皇帝不过是四五岁的幼童，哪里懂得“让贤”？这明明是王莽在抢皇位，但是，王莽不肯背上“抢夺”的恶名，才自导自演地演了一出“禅让”的戏。

王莽即位做皇帝以后，便推行一连串的改革，许多官名改了，许多地名改了，更重要的是将土地收归国有，称为“王田”，不准私人买卖，已有的奴婢制度仍然保存，称为“私属”，但是，不准买卖，把汉朝通行的五铢（zhū）钱改为新货币，这新货币定为钱、金、银、龟、贝、布六类，每类货币又分为几个等级。

例如，钱这类货币也称泉，又可分为六种，小泉、么泉、幼泉、

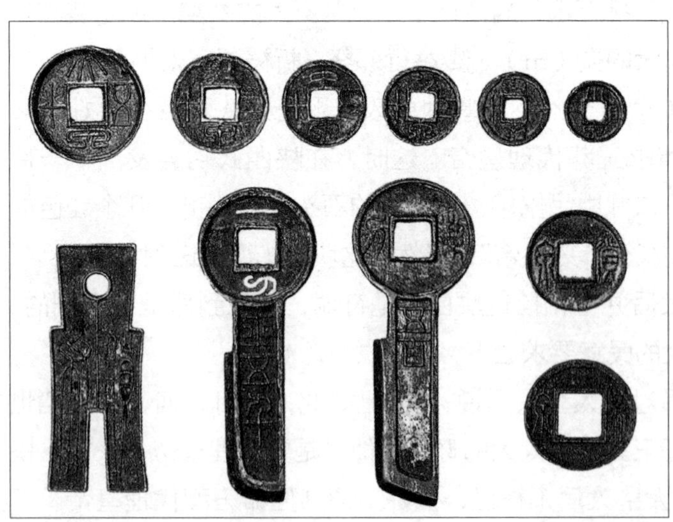

王莽统治时期的新朝钱币。

中泉、壮泉、大泉。这六种泉以小泉为基本单位，假如小泉的价值是一，么泉便是十，幼泉是二十，中泉是三十，壮泉是四十，大泉是五十。贝这类货币也分为五种，按照贝的长短大小而有不同的价值，也可以与泉、布互换。

王莽的改革，最后是失败的。最主要的原因是不合时宜。王莽的改革用意也许是很好的，可是由于不合时宜，人们不但不感激他，反而全怨恨他。

譬（pì）如王莽规定土地全部国有，不得私自买卖，用意是要防止有钱人兼并土地，但是许多有土地的人有时家里有急用，想卖掉一块土地来应急。结果，王莽规定不许卖，真不知道怎么办。又有些人辛勤工作赚到一些钱，想买块土地作为家产，却买不到，当然也会抱怨。

又譬如王莽规定不准买卖奴婢，这是尊重人权，但是王莽没有设置救济机构，也没有给（jǐ）予人民职业训练，如有一个人穷得走投无路，在古代社会最后一条路就是卖身为奴，还可以活下去。但是，王莽规定不准买卖奴婢，这些穷人既得不到政府救济，又无谋生的一技之长，连卖身为奴的路子都断了，要他们怎么活下去呢？他们非但不会感激王莽，反而会咒骂王莽绝了他们的生路。

再说王莽的货币改革更是一大失败，货币愈简单明了愈好。但是，王莽的新货币有五类，每一类又有好几种，人们除非拿着各类货币换算对照表，否则，一定弄不清，这样的货币怎能使用，所以引起怨声载道。

王莽做了几年皇帝，首先是匈奴不服，时常出兵骚扰边境。原来，王莽即位以后，遣使到匈奴和四夷去收回汉朝赐给那些四夷的印绶（shòu），更换新印。匈奴的文化水准较高，匈奴单于发现汉朝原先给他们印刻的文字是“匈奴单于玺”，而王莽发给的新印所刻的文字是“新匈奴单于印”。“玺”与“印”含义不同，玺是天子诸侯用的，印是文武百官所用的，匈奴单于认为王莽无异把他降了级，心中大为愤怒，便起而作乱，其他外族也就跟着作乱，于是王莽自己招来了外患。

更始皇帝刘玄

王莽灭掉西汉，建立新朝以后，由于好大喜功，加上不择手段地变法改制，使得天灾人祸相继而来。在地皇二年，发生大规模的蝗虫灾害，王莽派了使者前往灾区，教老百姓把草根、树皮剁一剁煮来吃，名叫“酪（lào）”。

老百姓吃了这种难吃得要命的酪以后，非但不能充饥，反而一个个都生了病，加上兵役的残酷，刑法的迫害，逼得饥民们只有一个办法——造反。

当时，有两股最大的势力：绿（lù）林与赤眉。

在绿林山上（今湖北当阳县）的一支，当时被称为“绿林贼”。后来通常称土匪为绿林好汉，正是出自这个典故。

另外一股叫赤眉，他们为了与官兵区别，把自己的眉毛染得红红的。

同时在舂（chōng）陵（今湖北枣阳县）有刘缜（yǎn）、刘秀兄弟也揭竿起事。刘秀本是一个读书人，出身于太学生，当他哥哥刘缜准备起事以后，他也换上了军装，戴上了大冠，左右街坊的人看了都很惊异：“咦，他是拘谨敦厚的人，怎么也这般装束？”于是人们领悟到，如果再不起来革命，只有死路一条，纷纷加入了军营。（刘秀正是日后的东汉光武帝。）

势单力薄难以成事，所以刘氏兄弟与绿林联合在一块儿共同起事。起事以后，一连打了好几场大胜仗，其中就以刘缜的武功最大。

这十几万人的乌合之众，军队系统复杂，群龙无首，乱成一团，纪律很坏，于是大家都认为，非要选举一位领袖不可，而且是要姓刘的。因为当时经过王莽的暴政，普天之下人心思汉，而汉朝姓刘。但又不能选一个太能干的，最好是个庸庸碌碌的笨蛋。

这是为什么呢？因为王莽失去了民心，就像丢掉了一只鹿在原野上奔窜，每个英雄好汉都想夺得这只鹿，登上皇帝的宝座，这便是“逐鹿中原”。

可是，在天下大势未定，“鹿死谁手”还未知，人人有机会掌握政权之时，倘若推选了一个最厉害的，那旁人岂不没有出头的机会了吗？所以刘缜不可能被推为首领。

选来选去的结果，找到一个胆子很小的刘玄当皇帝，改元更始，称为更始帝。当他坐上了皇帝位，面对着群臣，吓得满头大汗，只会举起手来“啊，啊啊”，一句话都说不出口。

刘秀，佚名绘。

刘缜、刘秀兄弟的威名一天比一天盛，绿林诸将心怀猜忌，向刘玄进言道：“此二人一日不除，必为后患！”刘玄本是个不识好歹的人，听他们一说也就心动了。

一天，刘玄看到刘缜身上挂着一把佩剑，故意说：“咦，这剑看来十分奇特，借我仔细瞧瞧。”

刘缜是一个性情豪爽的人，立刻拔剑出鞘交给刘玄，刘玄拿着剑在手中玩了半天。按照预谋，刘玄应该一剑刺入刘縯胸膛的，但是刘玄怕得发抖，又把剑交还了刘縯。

左右绿林诸将不肯就此罢休，又设计了一个圈套。

那时，刘縯手下有个大将刘稷（jì），勇冠三军，当刘玄称帝时，他曾愤怒地说："哼，这次起兵讨莽贼，全是刘縯、刘秀兄弟的功劳，更始算什么，凭什么可以称王？"刘玄听说了，特别授刘稷为抗威将军，刘稷不肯受命，恼怒了刘玄，派了几千人把刘稷捉来，不待他开口便喝道："推出去斩了！"

刘縯为了保全爱将，便挺身力争，刘玄又没有了主意，低着头跌坐在帝位上。

绿林诸将走到刘玄附近，左牵右扯，暗中示意，逼着刘玄说出两个字："拿下！"然后十余名武士绑住了刘縯，把他和刘稷一同斩首。

此时，刘秀正在昆阳大破莽军，他胜利而归后，竟然没有去找刘玄理论为何杀刘縯。官员们去迎接吊丧，刘秀也没有表示对刘玄的不满，只淡淡地说："原是我哥哥的不对。"甚且不为刘縯服丧，谈笑风生，一如往常。有人问起昆阳战事，他也不自夸，只谦虚地说："这都是将士们大家通力合作的结果。"

刘玄原本以为刘秀归来后，一定会怒气冲天跑来算账，没想到竟这般地不动声色，心里觉得怪不好意思的，特拜刘秀为破虏大将军，封武信侯。

其实呢，刘秀每天晚上哭得枕头湿了一大片，但他知道轻举妄动只会坏事，含着眼泪忍了下来，以后他能创建东汉，都是靠着"忍"的功夫。

坐失皇位的刘玄与刘盆子

王莽末年天下大乱，各地纷纷起来造反，经过昆阳之战，刘秀把王莽的主力击溃，使得刘秀等拥立的更始帝能一路势如破竹，攻进了长安。王莽被汉兵杀死，刘玄登上帝位，海内豪杰都响应来归。

刘玄本来是一个懦弱无能的人，一旦即帝位，住进了长乐宫，上朝的时候，文武百官整整齐齐排列在下，他一看："哇，这么多人!"吓得低着头说不出话。

后来几个将领跟着进宫，刘玄鼓足了勇气，迸出的第一句话是："大家好，你们抢了多少东西啊？"到底是土匪出身。左右侍官很多都是老资格的官吏，听得目瞪口呆，彼此面面相觑（qù），惊奇万分。

对于这一批强盗出身的将领，刘玄没法子驾驭（yù），朝廷中的新贵，大半是不学无术的市井流氓，许多厨子屠夫也都穿起锦服绣衣，大摇大摆。长安城中的父老，看得又好气又好笑，就编了一首歌谣讽刺他们："灶下养，中郎将；烂羊胃，骑都尉；烂羊头，关内侯。"形容这些不像样的新官儿。

更始皇帝刘玄日日夜夜都在后宫与宫女们鬼混，喝得醉醺（xūn）醺东倒西歪的，臣子们有事要禀报皇帝，更始就派了一个人坐在帷（wéi）后装成自己下圣旨，臣子们听出这不是更始的声音，也拿他没办法。

因为更始的无能，这个新起的政权又立刻被推翻了，取而代之的是赤眉。赤眉是由琅琊（láng yá）人樊崇（chóng）在莒地起兵，拥立了刘盆子为帝。刘盆子是何许人也？这儿也有一段有趣的故事。

刘盆子本来是一个放牛的牧童，当赤眉大军过式县时，把刘盆子和他的两个哥哥刘恭、刘茂捉进了军营中，刘恭以后投奔了更始，刘茂和刘盆子则当了牛吏，专门管牧牛的事。

因为当时人心思汉，所有起事的都要设法和汉朝本姓——刘家攀点儿关系，用以号召人心，有人不姓刘，也假冒姓刘。赤眉在军队之中逐一检点的结果，发现只有刘茂、刘盆子以及一个叫刘孝的人和皇帝血缘最近。

于是赤眉弄来一个竹筒，做了几根签当符命，按年龄的大小分别去抽，刘盆子年纪最小，才十五岁，轮到最后一个抽，他一抽之下竟然得中，赤眉的将领全体下拜高喊："皇帝！"

刘盆子披头散发，光着脚丫子，衣服敞开着，满身臭汗，一副狼狈相，他看到人人都跪在地上向他朝拜，吓得要哭。刘茂对他说："你要好好藏着这个符命。"

"什么符命，我不要当皇帝！"刘盆子把符命咬烂，丢在地上，一溜烟似的跑了。

跑了也没有用，这事由不得他；刘盆子只有很痛苦地被赤眉加上了黄袍，当起了皇帝。他始终不习惯，时时换了服装，偷偷跑去跟牧童玩儿，觉得这样倒自在些。

后来，赤眉兵攻占了长安城，打倒了更始，控制了中央政府，他们个个自以为有大功，常常在宫殿上为争功而起冲突，甚且动刀弄枪闹个不停。刘盆子坐在皇帝宝座上吓得魂不附体，晚上连睡觉都要拉着一个小太监壮胆才能入睡，根本就没有能力处理政事。

此时的刘秀，在河北逐渐建立了自己的力量，他的军队纪律严正，一举一动合乎礼节，制服整齐，当时的人看了，都啧啧称奇道：“没想到今天我们还能看到汉官威仪。”不久，刘秀进兵长安，刘盆子投降。刘秀是个宽厚的君主，他封刘盆子为赵王郎中。甚至对有杀兄之仇的刘玄，刘秀也封他为侯。

刘玄、刘盆子相继被拥立为皇帝，但因为没有能力，白白丧失了机会。

董宣的脖子很硬

东汉光武皇帝刘秀，讨平群雄，重建了汉朝，是为东汉。史称“光武中兴”。

经过了王莽的苛政，加上近二十年的动乱，老百姓亟（jí）需舒一口气。光武帝来自田间，了解民生疾苦，非常爱护人民。他重视地方官吏，也注意法治精神。

光武的姊姊湖阳公主家里有个奴才，大白天杀了人，然后逃回湖阳公主家里。

当时的洛阳令董宣到处捉拿凶手都找不到人，心里很气愤。而这个奴才自以为有公主在背后撑腰，胆子非常大，公主出门，他也肆无忌惮（dàn）跟着去。

碰巧，在路上被董宣看到了，他“嘿”地大喝一声，率领一批卫士涌上，狠狠地用刀划来划去，发出难听刺耳的声音，并且严厉地指责公主：“怎么可以窝藏要犯？”

公主被突如其来的举动吓呆了，满脸通红说不出话来，眼泪一滴滴地流下来，心里一遍又一遍地说：“哼，看你这个凶狠样子，待会儿告诉我弟弟去！”

于是，湖阳公主快马加鞭赶到了汉光武帝处，一把鼻涕一把眼泪地哭诉。因为她哭得太伤心了，光武帝也听不清楚怎么回事，只知道公主受到了董宣的侮辱，便把董宣叫来问话。

问明始末之后，光武帝“哈哈”仰天一笑：“你做得好，赏你三十万钱奖励你的执法精神。”

“不过，你用这种态度对公主是不对的，来来来，向公主叩个头，道个歉，便没有事了。”说着，便向公主招手。

公主满怀委屈地坐下，等着董宣叩头。没想到，董宣脾气很硬，怎么都不肯磕头。光武只好叫宦官去按他的头。董宣看到宦官走近了，把头抬得更高，满脸不屈服的神情。

“好了，算了！算了！”光武也不想为难董宣，笑着说，“你真是个强项令！”项，便是脖子。

光武最为人所称道的是他表彰气节，敬重读书人。他本身原就是个太学生，有鉴于王莽时代阿谀（ē yú）拍马的不良风气盛行，特别着重人格的培养。许多在王莽时代不屑为官，托病辞职的风骨人士，光武都特别予以褒（bāo）赏。

董宣宁死不肯向湖阳公主磕头认罪，选自明刊本《帝鉴图说》。

他在求学时候，有个好朋友名叫严光，学问品德都很好，光武非常敬重他。因此，光武在得到天下以后，想请严光出来做事。然而，严光对做官没兴趣，隐姓埋名，和光武帝大捉迷藏，光武遍访海内，始终没有找着严光。

“天下无难事，只怕有心人。”光武凭着记忆，命画工绘成了严光的肖像，到处寻访。

不多时，果然有人奏报，在齐国境内发现有个身披羊裘的男子，常在泽中钓鱼，面貌看来与肖像相似。光武大喜过望，立刻派人前往齐国礼聘。

严光还是不肯道破身份，他对使者说："朝廷误征，你们弄错了。"这二三十名使者，不由分说地把严光拥进车中飞驰洛阳。

严光，选自《历代名臣像解》。

光武听说严光来了，高兴万分，一大早赶到严光住处，而严光明明醒来了，故意赖在床上不肯起来。光武走进卧房，拍拍严光露出来的肚子说："老朋友了，不肯帮我治理天下吗？"严光仍闭着眼睛不吭声。

过了半晌，严光才张开眼睛道："以前，唐尧时代，尧请许由出来做官，许由听说了，急忙到水边洗耳朵，怕这话沾染了自己。人各有志，你何苦为难我呢？"

光武帝拍着手大笑说："好，好！"晚上，与严光共眠，严光睡到半夜，把腿压在光武的肚子上，鼾声如雷，光武也不介意。以后，严光始终没有做官，依旧耕田、钓鱼，终老山中。

光武帝重视读书人的美德，也就流传千古。不过像严光这种隐士，不问世事，自以为超人一等，充其量只能"独善其身"。一个有抱负的知识分子，无论做不做官，本应当贡献所学，造福大众，发光发热，"兼善天下"。这才是我们读书求学的真正目的！

老当益壮的马援

中国历史上有几句相当有名的成语："聚米为山"、"马革裹尸"、"穷当益坚"、"老当益壮"，都是马援留下来的名言。马援是襄助汉光武帝建立中兴大业的功臣。

马援字文渊，他是战国中期名将赵奢的后代，由于赵奢被封为马服君，所以一部分子孙姓马。虽然他的祖先是西汉世家，但世代清廉，家中并不富有，尤其马援的父亲在他十二岁时去世后，生活更显得拮（jié）据。

少有大志的马援，曾经想放弃学业去边疆开垦，他的大哥也答应了，并且对他说："你是我们马家最有希望的人，当会大器晚成。"可是不久，马援的大哥因病而死，马援为哥哥服孝而留下来，他对寡嫂非常孝顺，很得乡里的称赞。

后来王莽当政，马援到了边区垦田、畜牧，拥有牛、马、羊数千头，有几百户人家受他指挥，算是个创业有成的大商人了。但马援不以此为满足，他常常说："丈夫为志，穷当益坚，老当益壮。"意思是说：一个男子汉大丈夫，愈穷要愈有骨气，愈老要愈强壮勇敢。他可不愿做个守财奴，因此把赚来的钱统统散给兄弟故旧，自己依旧穿羊裘着皮裤，两袖清风地在田野垦牧。

后来马援投效光武帝刘秀，协助平定群雄。此时，羌（qiāng）人作乱，朝中大臣多半主张放弃羌县以西，免得朝廷为了辽阔的边区耗损国力。

马援却独排众议，认为不可轻言放弃国土，畏首畏尾的结果，将遭致更大的祸患，因而率领大军，猛扑羌人，赢得光荣的胜利，被任命为陇西太守。然后，劝导农耕、兴办水利，羌民得以安居乐业。

有一回，邻县的百姓听说羌人又在作乱，也不管消息真假，急急忙忙请求马援关闭城门，发兵平乱。马援正在与宾客喝酒，接到消息大笑道："你们回去好好把官舍守住就是了，要是害怕的话，可以躲到床底下去。"果然，地方上平静如昔。

马援当了六年太守，回到了京里官拜虎贲（bēn）中郎将。他在京里，欢喜讲故事给人家听。由于他须发清朗，眉目如画，身长七尺五寸，蔼然可观，口才出色，因此上自皇太子，下至闾（lǘ）里少年，都爱听马援讲故事，个个听得聚精会神，津津有味，从故事中学到许多做人做事的道理。马援还精通兵法，每回论起调兵遣将的道理，汉光武都很佩服，常常说："伏波论兵，与我意合。"（建武十七年，光武封马援为伏波将军。）

马援，选自《历代名臣像解》。

此后，马援南征越南，大获全胜，回都以后，匈奴正在边境为患。这位报国心切的英雄，又不顾一切地请求出征，他拍着胸脯说："男儿当死于边野，以马革裹尸还葬耳，何能卧床上在儿女手中？"他始终认为，男子汉大丈夫要死在战场才光荣，躺在病床上靠儿女服侍算什么！

马援最后一次出征，是建武二十四年，他听说汉军深入蛮夷很久不得平定，又跃跃欲试，请求光武派他出征。光武看着他，不忍心让他再去打仗，摇摇头，正准备说话，马援已穿戴起甲胄（zhòu），一跃登上马鞍，雄赳赳，气昂昂，顾盼自得，双目炯炯有神，虽然头发已花白，但那雄伟的气势，那威武的精神，使人一看便要敬畏三分。光武也不禁赞道："好一个矍铄（jué shuò）的老翁！"还是让他去了。

不服老的马援又亲领大军去攻五溪蛮人去了。他冲锋陷阵，战绩辉煌，最后不幸染上疫疠（lì），病死军中，完成了马革裹尸的壮志。

由于马援性情耿直，得罪了小人，所以他自交趾打仗带回的一车薏（yì）米被说成了一车明珠宝贝，而朝廷一般大臣认为："好啊，你带回一车珠宝，竟然也不分给我们一点，太小气了。"纷纷举发马援贪污，使得光武大怒。马援的家人不敢把他迎归埋葬，许多宾客故人连吊丧都不敢去哩。

马援一生光明磊落，国家太平时，他垦荒畜牧，厚植国力；国家动乱时，效命沙场，保国卫民。他永远积极、乐观、奋斗、进取，为国家献出一切。尽管最后被人诬陷，倘使他地下有知，当也不以为意。因为真正的英雄豪杰，是对自己的良心负责的！

班超深入虎穴

班超是中国历史上了不起的民族英雄。他的父亲班彪，哥哥班固，妹妹班昭，都是著名的文学家、史学家，可以说得上是一门四杰。班彪晚年，想效法司马迁撰写一部前汉史，可惜不久便去世了。班固继承父亲遗志继续写下去，是为《汉书》。

在班固撰（zhuàn）写《汉书》期间，家里一贫如洗，班超只好在官署里补了一名书记的缺，替公家写文书，维持全家人的生活。

官署里的同事都是胸无大志的小职员，每天不是东家长便是西家短，以搬弄口舌、挑拨是非为乐。班超最看不起他们，而这些同事愤恨班超不同流合污，经常在背后批评班超："哼！摆什么臭架子，有什么了不起？"然后，哄堂大笑。

有一回，班超抄写一整天，对这"机械式"的工作厌烦不已，摔掉毛笔叹气道："大丈夫应该效法张骞，扬名异域，为国效命，哪里能够长久在笔砚中讨生活呢？"旁边的同事听到了，马上交头接耳，窃窃私语，一面用眼睛斜看着班超，一面吃吃地笑，不怀好意地说："凭他，也想学张骞？哼，做梦！"

班超实在按捺不住了，推开桌子，大声地说："小子安知壮士志哉？"（你们这群庸庸碌碌的小人，哪里能够了解我的大志呢？）说着，大踏步走了出去。

后来，在永平十六年，班超随窦固出击匈奴，窦固见班超有

班超投笔从戎，选自《马骀画宝》。

勇有谋，派他为假司马，率三十六名随从，前往西域，要从匈奴手中夺回这片地带的控制权。

班超第一站到了鄯（shàn）善，鄯善王看到大汉使者驾临，客气得不得了，给予最优厚的待遇，每天还亲自前来请安。

过不了几天，鄯善王的态度忽然转变，爱理不理的，班超觉得很奇怪，怀疑是不是匈奴的使者也来了。

于是，班超召来一个鄯善的侍者，劈头便问："匈奴的使者来了好久了，怎么没有看见人？"那侍者冷不防班超有此一问，吓住了，眼睛睁得大大的呆在那儿。

"快说！"班超声色俱厉地大吼，侍者乖乖地一五一十全讲出来了。班超怕侍者泄漏消息，先把他关起来，然后赶紧找三十六个随从共谋大计。

班超说："鄯善王畏惧匈奴，很可能把我们送给匈奴，这样我们就只好当豺狼的食品了，怎么办？"

大家听了都异口同声地说："现在生死都听司马的了。"

"好！不入虎穴，焉得虎子。"班超一咬牙道。这句名言也就流传千古，表示要想成功，先得要冒险。

当天晚上，北风吹得人毛骨悚然，班超顺风点火，趁夜摸营，

班超率部下袭杀匈奴使者，选自明刊本《全汉志传》。

匈奴兵梦中惊醒，乱成一团。班超首先摸进了一个帐篷，一下就砍掉三个脑袋瓜子。不多时，一百多个匈奴使者全部命归西天。

鄯善王吓得连忙伏地磕头，唯唯听命。班超顺利完成第一次任务。

不久，班超到了于寘（zhì）（新疆和阗 tián），于寘王虽没有当面拒绝班超，但是态度很傲慢。

于寘王信奉巫师，一举一动都听他的话。巫师害怕班超对他构成威胁，故意假装神附身上，咿咿哑哑地鬼叫："你为何要款待汉朝使者？神要发脾气了，汉朝使者骑着一匹马很不吉利，把它牵来宰了祭我，就可以恕你无罪。"

班超丝毫不惊慌，淡淡地说："这匹浅黑色的骏马很名贵，要巫师亲自来取。"

等巫师一到，班超也不多言，拿起佩刀便把巫师的头割下来，然后拎着这颗脑袋去见于寘王。

于寘王这时已听说班超在鄯善的威风，又看到了巫师的脑袋搬了家，只有乖乖称臣。

以后班超抚疏勒，联乌孙，破莎车，最后，自葱岭以东到葱岭以西，五十多个国家完全内附，更打开了东西交通，条支（叙利亚）、安息（波斯）都远来朝贡，甚且中国的丝织品都因而传到大秦（罗马），西方人称这条道路为“丝绸之路”。

从此，西域与中国断绝了四十一年的外交关系，乃因班超的深入虎穴，又重新建立起来了。

班超虽有赫赫功绩，却遭李邑等小人眼红，上书皇帝说班超“拥爱妻，抱爱子，在外国享受，不顾朝廷”。英明的汉明帝看了从不生气，下令让班超处置李邑。班超只是哈哈一笑，反而派李邑回京城。他说：“我光明磊落，不怕别人讲闲话。”

外戚宦官小皇帝

班超征服西域以后，大汉声威盛极一时。但是，在此之后一直到东汉灭亡的一百四十七年之中，汉朝的国势始终非常衰弱。这是什么原因？让我们来看一看究竟。

在汉章帝的时候，他立窦氏为皇后，窦皇后引进她娘家的许多亲戚在朝廷当政。由于皇后在背后为他们撑腰，窦家子弟大造房舍，家中养了好几百名的食客，仆役奴婢多得不能计算；大量搜刮洛阳城中的良田，骄奢跋扈（bá hù）达到了极点，引起一般民众的不满。

于是，有人上报告给章帝，章帝看了很生气，但碍着窦皇后的情面，也不忍心苛责，只是再三交代这些外戚要多加检点。既然皇帝都不过问，他们就更肆无忌惮，尤其是窦皇后的哥哥窦宪竟骑到公主的头上去了。

窦宪看上了沁水公主家中的一块园田，一定要买，公主不敢和窦宪争执计较，只好忍气吞声把田卖了。

章帝晓得了这回事，心里很不痛快。有一天与窦宪出去的时候，正好路过沁水公主的园田，故意问道："这大概就是你强迫公主卖出的田地吧？嗯？"章帝提高了声音又问，"是不是啊？"

窦宪支支吾吾答不出话，章帝气得把窦宪狠狠地大骂一顿："今天连公主的地都被你抢过去了，那一般平民就更不用说了。其实国家杀掉你，就像丢掉一只臭老鼠，没什么可惜的，你说是不是？"

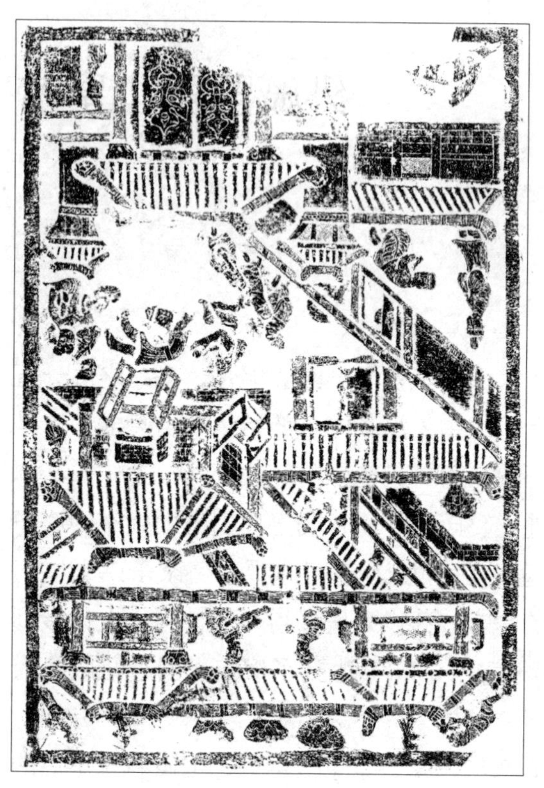
汉代贵族宏大的家居场面，汉画像石，山东曲阜城关。

窦宪吓得灵魂出窍，慌慌忙忙匍匐在地上，把头撞得像捣蒜一般。正在此时，后面来了袅袅婷婷的窦皇后，冉冉地走到章帝面前，双膝一跪，代为求情。章帝只好又放过了窦宪一马。

章帝在位十三年去世，和帝即位时才十岁，还是个小孩子。因此，和帝即位初年，由窦太后临朝，窦宪辅政。后来，窦宪北伐匈奴有功，权威愈来愈大。于是，东汉的外戚用事，从此开始。

由于和帝是个小皇帝，窦宪根本不把他放在眼里，总认为皇帝还小，只要念书、玩耍、吃糖便够了，国家大事哪有去问小孩子的道理。

和帝看着自己的大权完全落在外戚手里，心中很不甘心，时常气得睡不着觉，也吃不下东西，连做梦都在想："杀掉窦宪，杀掉窦宪！"

但是，和帝又没有人可以商量对策，只有拉着在身边伺候他的太监郑众商量计谋对付。

有一天，和帝利用窦宪自凉州回家的时候，密发圣旨，调动大批守军，关闭了城门，迅雷不及掩耳地把窦氏亲党捉拿下狱，逼迫窦宪自杀。

太监郑众协助政变有功，升为大长秋（大长秋是宫中宦官的领袖）。从此，宦官也在东汉政治上插上一脚。

和帝在位十七年去世，去世时年纪很轻，只有二十七岁。而即位的殇帝才满一百天哩。

所以东汉末年的政治很奇怪，总是一个小皇帝即位（在殇帝以后的安帝十三岁，顺帝十一岁，冲帝两岁，质帝八岁，桓帝十六岁，献帝九岁），而小皇帝即位不能管事，就由母后当政，重用娘家父兄，外戚当权；小皇帝长大以后，不甘心当傀儡，联合宦官，除掉外戚。

皇帝亲政以后，不久便去世了（奇怪，东汉末期的皇帝都很短命）。于是又一个幼主即位，再一次地恶性循环。外戚宦官的斗争，成为一个公式，汉朝也就一蹶（jué）不振了。

不怕死的士大夫

东汉从和帝以后，朝廷上形成一种很奇怪的局面，就是小皇帝即位，母后临朝，重用娘家外戚。小皇帝长大了，结合宦官，除掉外戚；不久，皇帝去世，又一个小皇帝即位，再一次宦官外戚夺权，成为一种恶性循环。

每一次外戚宦官斗争的结果，总是宦官获得胜利，尤其到了汉桓帝的时候，这一班宦官更是无法无天。当时京都流行一首歌谣："左回天，具独坐，徐卧虎，唐雨堕。"形容左悺（guàn）、具瑗（yuàn）、徐璜（huáng）、唐衡这几个太监的厉害与跋扈，简直像老虎一般凶猛，又仿佛有通天本领。

宦官（太监）者，本来是在后宫里面伺候皇帝打水、洗脸、吃饭、穿衣的小奴才，没有学识，没有品德，更没有办事才能。因此，国家大事一旦交到这批家伙手里，结果可想而知了。尤其太监身份低贱，有强烈的自卑感，为了怕别人看他不起，一旦得势只会作威作福。

由于宦官专权，把朝廷弄得乌烟瘴（zhàng）气，鸡犬不宁，使得东汉的士大夫们非常反感，尤其是东汉的读书人，受到光武帝表彰气节的影响，特别看重志节，怎么忍心眼睁睁看着国家断送在这帮奴才手里？

因此，到了汉桓帝延熹（xī）八年（165 年）的时候，陈蕃当太尉，李膺（yīng）当司隶校尉，这两个人都是刚毅正直，平素顶痛恨宦官的，决定联手狠狠地压制宦官。

当时桓帝有一个亲信的太监叫张让，张让的弟弟张朔为野王令（野王县的县令），张朔性格暴虐，有一回竟把一名孕妇连她肚子里的小孩子一起杀死了。命案发生以后，张朔就躲到京里张让的家中。

李膺接到消息，带着人马赶到张让家里搜寻，上上下下都找遍了，就是不见张朔人影。忽然，发现房间里有一面墙壁看来有问题，当下一砍，喝，果然是个复壁，里头有夹室，张朔正好端端坐在那儿。

这下子张朔只有乖乖就擒，被带到了洛阳狱中，问明口供以后，李膺便做主把张朔干掉了。

李膺，选自《历代名臣像解》。

桓帝知道了这件事，很不高兴，但是李膺有理，桓帝也没有办法。从此以后，太监们个个都闭上口，不敢多言，连走路也都轻声蹑（niè）足，一副怕兮兮的模样。桓帝看了很奇怪，问道：“你们最近怎么搞的？”太监们一起叩头道：“我们怕李校尉，我们怕！”说着，齐声痛哭。

李膺痛宰太监一事传了出去，士大夫们

都有大快人心之感，认为李膺是中流砥（dǐ）柱的代表，因此能被李膺接见者都视为无上光荣，别的读书人也会来恭喜他，称为“登龙门”。

可惜不久，这条“龙”的尾巴被夹住了。

原来当时河内有个人叫张成，他善于推算，算出国家将有大赦（shè）令（赦就是放掉犯人的意思），叫他的儿子乘机杀人。不久，朝廷果然颁发大赦令，李膺对张成平日与宦官勾结早已不满，如今张成又滥杀无辜更是可恨，李膺就不理会大赦，把张成的儿子处决了。

张成为了报仇，派弟子上书朝廷，他说，朝廷里的大臣与读书人相勾结，一天到晚造谣生事，结成朋党，有反动思想。宦官们也在桓帝旁边起哄煽动，于是桓帝在延熹九年（166年）下诏捉拿党人（就是那些被宦官指为结党的人）。

后来，由于桓帝的岳父说情，下令把党人全放掉，但是这些名流君子的名字却上了黑名单，终生不得为官，这就是历史上有名的“党锢（gù）之祸”。锢是禁锢终生，被褫（chǐ）夺公权，一辈子不能出任公职的意思。

由于这些人都是爱国的风骨之士，因此他们虽然入过牢，又被判终生不得为官，社会上一般读书人对他们仍然尊敬得不得了，称李膺等人为“八俊”（人中英俊），郭泰等人为“八顾”（德行相勉）……加给他们许多响亮的美誉，还为他们大开欢迎会，请他们演讲，把他们当成英雄般崇拜、赞扬。这些读书人不怕死、有操守的佳话，也就流传千古。

孔融“让梨”以外的故事

“孔融让梨”是大家所熟悉的故事。今天，我们要讲一点孔融其他的故事。

孔融是孔子的二十世孙（《后汉书》记为二十四世孙），从小聪明伶俐，惹人疼爱，他有兄弟七人，他排行老六，是个很可爱的小男孩。

当孔融四岁的时候，他家里经常有人送梨来，这种梨是山东莱阳的特产，皮薄、肉多、核小，轻轻一咬，满嘴都是甜汁，好吃得不得了。他的哥哥每回都先瞄准一个大的，然后等到“开动”的口令一下，马上抢过来塞进口里。

孔融从来不去抢，他总是默默地拣一个小的就离开。一次、两次，孔融的妈妈还以为他肚子疼不敢多吃。次数多了，妈妈便奇怪了，她把孔融拉到怀里温柔地问着：“融儿，你不喜欢吃梨对不对？不然，为什么每次都挑小的呢？”

“没有啊，妈妈，我年纪小，当然应该吃小的嘛，大的留给哥哥吃。”

人们听了，都大吃一惊，对孔融这种敬爱兄长的精神赞不绝口。

孔融十岁的时候，随父亲到京城去游玩，当时李膺为河南尹（李膺便是上回讲的力除宦官的名流），是东汉读书人的精神领袖，他的门禁很严，除了当代名士及通家世好以外，一律不接见。

孔融让梨，选自明刊本《养蒙图说》。

孔融很景仰李膺，决定去闯闯看。孔融到了李膺家门口，对门吏深深一鞠躬道："我是李公的通家子弟，特地前来求见，麻烦你通报一声。"

那个门吏从未见过孔融，但见他彬彬有礼，举止大方，也就让他进去了。

李膺见到孔融，摸摸他的头道："是不是你祖父认识我？"

孔融说："没有，但是先祖孔子与你的先祖老聃（dān）是好朋友，也算得上是通家世交了。"

李膺大笑不已，连连叫："好，好，有道理！"

这时，刚好太中大夫陈炜（wěi）也来了，李膺笑着告诉陈炜这件事，并且说："你瞧，这孩子多聪明啊！"

陈炜顺口便说："小时了了，大未必佳。"意思是说小时候聪明，长大了不见得成材。

孔融转着机伶的眼睛说："噢，那依你的看法，小时候宁可呆笨，对不对？那么，你小时候一定很聪明！"

这等于是说陈炜现在很笨，李膺听了大笑不已："高明，高明，将来定有一番作为。"

孔融回到家乡以后，过了三年，父亲去世，孔融哀痛万分，邻里都称孔融孝顺。

过了不久，党锢之祸发生，孔融是个有气节的读书人，他对宦官的作为非常不齿。因此：

有一天，党人张俭被官吏捉拿，他和孔融的哥哥孔褒相识，情急之下逃到孔家，正好是孔融应门，孔融告诉张俭：“哥哥不在家。”张俭转身就要走了。

“等一下！”孔融呼唤道，“我哥哥不在家，难道我就不能作主吗？快进来吧。”于是，张俭在孔家逗留了几天才走。

地方官闻风赶去，张俭已经逃之夭夭了，便把孔褒、孔融两兄弟关了起来。

孔融，选自清皇家珍藏手抄善本绘图描金银《三国志演义》。

孔融首先认罪：“张俭是我藏起来的，应该捉我。”

“不行，张俭是来找我的，他根本不认识我弟弟，要抓应该抓我。”孔褒抗议道。

地方官看得糊涂了，不知如何是好，偏偏这时孔母也来了，她老人家气势汹汹道：“我丈夫已死，我是家长，一切由我负责，你们怎么可以乱抓小孩呢？”

天下竟有这等怪事，地方官只有报到朝廷，最后朝廷决定由孔褒坐牢，释放孔母及孔融。他们全家争死的义行传遍天下。

以后孔融当了中军侯、虎贲中郎将、太中大夫，尤其文学修养深厚，被誉为建安七子之一，学问、道德、文章都很有名。现在有的人怀疑孔融让梨的真实性，其实，只要晓得孔融愿意代兄而死，也就不会“以小人之心，度（duó）君子之腹”了。

硬汉虞诩

东汉光武帝表彰气节，使得东汉一代的读书人有风骨、有肩膀。虞诩（xǔ），便是一个不畏恶势力的硬汉。

汉安帝永初四年（110年），羌人作乱，虞诩主张用强硬态度对付，得罪了朝廷当权的大臣。这时朝歌地方正在闹盗贼，一连乱了好些年，地方官吏没法镇压，权臣为了“整”虞诩，就派他去当朝歌长（朝歌县的县长）。

虞诩的朋友听说他碰上了这件倒楣的差事，都纷纷前来安慰，为他打抱不平。虞诩却笑嘻嘻地说：“没有你们想象的那么严重吧，为国家做事不能怕困难。”

他到了朝歌，拜见河内太守，太守满以为会来一个孔武有力的大将军，没有想到竟是个斯斯文文的读书人，就叹了一口气道：“哎，读书人应该在朝廷贡献意见，怎么跑到朝歌这个强盗窝来呢？”

虞诩笑笑，默不作声。他暗地里招募（mù）了一批壮士，分为三等，上等是擅长于横行霸道的流氓，中等是专门偷人家东西的梁上君子，下等是不事生产、游手好闲的无赖。虞诩把他们的罪都赦免了，嘱咐他们混到强盗里捣蛋。不久，果然，土匪窝内乱了阵脚。

虞诩又找了一些穷人，派他们到强盗窝里当裁缝，叫他们缝衣服多缝一道五彩的花边儿。强盗们不知情，因此当强盗穿上新衣，在城里三三两两游荡时，立刻被官兵一把捉住。强盗心想：“咦，我脸上又没有刺字，他怎么晓得我是土匪。太奇怪了！虞诩一定是神仙！凡人怎么斗得过神仙呢？”没多久，盗贼纷纷自动竖了白旗。

后来，虞诩调回京里当司隶校尉，他一口气先免掉了太傅冯石、太尉刘熹两个贪官。接着，又要动手办几个无法无天的宦官。

由于汉顺帝宠任宦官，所以没有严办。尤其是有个太监叫张防的，从中舞弊，每回虞诩上书，他便从中扣发，不交给皇帝，运用职权，一手遮天。

虞诩，选自《马骀画宝》。

虞诩气得血往上冒，他先跑到廷狱说自己有罪前来自首，然后写了一封措词相当激烈的报告叫廷尉送上去，上面说：“以前安帝任用太监樊丰，几乎把国家整垮，现在皇上又重用张防，国家又将面临大祸……”

张防知道了，一把眼泪一把鼻涕地跑到顺帝前面哭诉，直呼委屈，并且说：“虞诩一定是自知有罪，否则为什么先去廷狱投案？”

顺帝是个糊涂皇帝，竟然听信了张防的话，把虞诩关到监牢里，派狱吏严加拷打。古代监狱是很可怕的，各种严酷的刑具，样样都来。虞诩本是一个白面书生，几天下来，被打得死去活来，奄奄一息。

有人劝虞诩想办法找一匹白绫上吊算了，免得受皮肉之苦，虞诩不肯。他说："我宁可在市场中就地砍头，绝对不偷偷摸摸自杀。"还是硬汉作风，绝不低头。

这时，另一个当权的宦官孙程，因与张防不合，便在朝廷为虞诩说情："皇帝怎可把忠臣逮捕下狱，反而重用奸臣张防？"

这时，躲在顺帝身后的张防，吓得瑟瑟发抖，孙程见了大叫："奸臣张防，还不滚下殿去。"张防吓得屁滚尿流夹着尾巴跑了。

虞诩被捕的消息传出以后，他门下的一百名学生扛着大旗，赶到京城，为老师申冤，每当有人出宫，便跪在地上痛哭，有的学生还用头叩地，叩得额头破裂，鲜血直流，顺帝这才知道虞诩是天下所仰望的名士，而张防是人人怨恨的小人。

虞诩被放出来以后，很感慨地说："现在国家一天比一天衰弱，有一个原因，就是朝廷里的大臣太为自己打算，不肯与宦官抗争。总是说：'我不屑与小人一争长短。'其实呢，是想做好人，享老福，太自私自利了。"

虞诩的话一点不错，大臣们都想做不得罪宦官的好人，使得东汉宦官的气焰愈来愈盛。

梁冀毒死汉质帝

东汉末年一直是外戚宦官互相夺权的局面，国家元气大伤。顺帝本信任宦官，到了永建六年（131 年），顺帝十七岁，册立皇后，大权又落到外戚手中。

顺帝选中的皇后姓梁，是个才貌双全的名门闺秀，她的父亲梁商也是忠厚谦虚的君子，糟糕的是梁皇后的哥哥——梁冀，是个不折不扣的大坏蛋。

梁冀长得就是一副歹相。肩膀像鸢（yuān）鸟一般高高地耸起，眼睛像豺狼一般直勾勾地凸出，喜欢喝酒、赌博、斗鸡、走马，靠着父亲与妹妹的关系，官位步步高升。

梁冀的生活奢侈放荡不在话下，他喜欢养兔子，在洛阳城的西边，开山辟地，建立了一个富丽堂皇的兔苑，里面养了无数只兔子，兔子的毛上都烙了印，附近还贴了一个榜示："有杀兔者与杀人同罪。"实际上，这些兔子的待遇比一般百姓要好得太多。

有一次，从西域来了一个商人，不晓得梁冀定的怪规矩，无意中伤害了一只兔子，马上被官兵捉住，不但脑袋搬家，和这个商人一同前来的几十个人，一起都杀了头。

梁冀又在兔苑的旁边盖了一座别墅，专门收容作奸犯科的通缉犯，以及被梁冀看上的良家妇女。这数千人都被他称为"自卖人"。

由于政治秽（huì）乱，民间盗贼群起，顺帝就在汉安元年（142 年）派了八位特使去考察地方官的优劣，纠举不负责任的贪官污吏。

其中，有一位年纪最轻的张纲，居然不肯出巡。

更怪的还在后头哩！他竟然把所乘传车的车轮拆下来，当着众人的面，埋在洛阳亭下，感慨地说："现在啊，大豺狼当道，何必去民间找小狐狸？"立刻奏上一本，弹劾（hé）豺狼——梁冀，他列举了整整十五条罪状炮轰梁冀。

顺帝知道张纲所讲的都是事实，但是因为天性懦弱，又碍着梁皇后的面子，便把报告摆在一边，继续容忍梁冀的恶行。

张纲的朋友劝他道："现在整个的风气是如此，你一个人喊破了喉咙有什么用呢？还是容忍一点吧！"

"哎，哪里是我没有容人的气量呢？"张纲长叹了一口气说，"其实，梁冀与我无冤无仇，我犯不着得罪他，只是不忍心国家坏在这家伙手里。"说着说着，他眼睛里充满了泪水。

由于顺帝的姑息养奸，梁冀的气焰一天比一天高，根本不把皇帝看在眼里。

顺帝只活了短短三十年。太子炳即位，炳即位时才两岁，即位只有六个月就死了，是为汉冲帝。接着，由八岁的刘缵（zuǎn）即位，是为汉质帝。在这段时间内，一直由梁冀掌权，梁太后听政。

汉质帝虽然只有八岁，非常聪明伶俐。

有一次上朝时，质帝突然间指着梁冀对大家说："这真是一个跋扈将军啊！"

梁冀听了，怀恨在心，就命令下人在蒸饼时，偷偷掺进毒药拿给小皇帝质帝吃。

质帝吃了，立刻抱着肚子在床上翻滚，疼得全身冒冷汗。梁冀听到呼喊声，赶进来问："怎么回事？"

质帝微弱地喊着："水，水，我要水！肚子里有火在烧。"梁冀在旁冷冷道："喝不得水，要是呕吐怎么办？"话没有说完，质帝已气绝而死。

顺帝容忍梁冀的结果是梁冀容忍不了质帝。顺帝要是地下有知，一定后悔万分。

容忍是一种美德，尤其在民主社会的今天，我们更要有容忍别人的雅量。但是要弄清楚，这件事值不值得容忍，容忍的结果是什么？不该容忍也强加容忍，便是懦弱，便是没有是非。

蔡伯喈被赵五娘的故事害惨了

“赵五娘寻夫”是个很有名的民间故事，在电影、电视、京剧中也曾一再演出。

故事的大意是说，汉朝有个穷读书人蔡伯喈（jiē），娶了一个贤慧的妻子赵五娘。婚后，蔡伯喈进京赶考，高中状元，而且被选中当了驸马爷。赵五娘三番两次写信到京里去打听，蔡伯喈都不闻不问。

后来，家乡闹饥荒，蔡伯喈的父亲饿死，母亲上吊，赵五娘只好带着儿女到京里去找蔡伯喈。蔡伯喈不但不见赵五娘，反而派人加以暗杀，幸而赵五娘遇到了贵人，讲出了冤屈，最后蔡伯喈迫于情势，接回了赵五娘，全家大团圆。

在这个流传甚广的民间故事中，蔡伯喈被描写成一个不忠、不孝、不仁、不义的恶棍。其实，根本不是这么一回事。

蔡伯喈的本名叫蔡邕（yōng），是东汉末年的一位大儒，为人敦厚善良，而且非常孝顺。他母亲病了三年，蔡邕伺候了三年。三年中连睡觉都不敢上床，只在母亲的病榻前闭一下眼睛养养神。

蔡邕不但学问好，而且多才多艺，精通天文，尤擅长于音律。

有一次，有个吴人在烧桐树取火做饭吃，蔡邕闻到树木飘出的味道，连忙说：“嗯，这是难得的良木，应该锯下来做琴，烧掉了太可惜。”那人听了蔡邕的话，把这截木头熄了火，把没烧的部分制成了琴，一弹之下，果然音韵悠扬，不同凡响。由于琴尾已不幸被烧焦了，当时人称这把琴叫做“焦尾琴”。

又有一次，邻人请蔡邕过去吃饭，蔡邕去迟了，酒宴已开始了。蔡邕走到邻人家门外，忽然听到里面有琴音，他仔细一听，不禁大吃一惊道：“糟糕，此音中有杀心，他请我吃饭，难道……”正转身要走，邻人刚好出来道：“请进，请进，大家都在等你！”硬把蔡邕拖了进去。

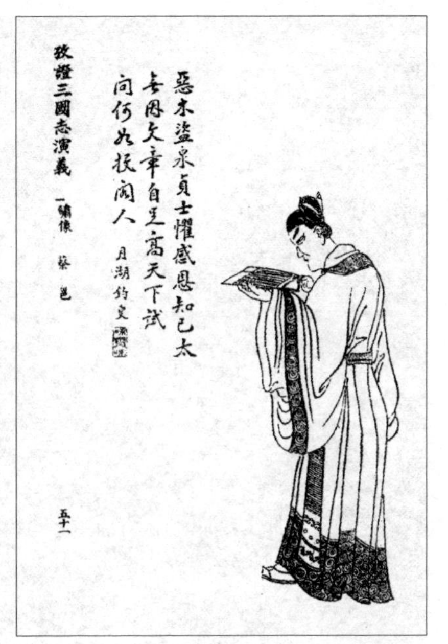

蔡邕，选自清刊本《三国演义》。

进去之后，邻人问：“你老兄怎么刚才一副要走的姿态？”

蔡邕隐瞒不住，只好照实说出，邻人一拍脑袋道：“方才我弹琴时，发现窗前有一只螳螂正在捕蝉，蝉要飞而未飞，蝉在前，螳螂在后，我心里头好紧张，莫非这一念的杀心，就表现在琴音之中？”

“对，就是这件事。”蔡邕莞（wǎn）尔一笑，大家都拍手说蔡邕对音乐的感触真敏锐。

由于蔡邕以博学闻名，朝廷命他在东观（中央的图书馆）担任校书（校勘图书的工作）。蔡邕发现经书之中的错误很多，惟恐贻（yí）误后来的读书人，便在熹平四年（175 年）奏请校订《尚书》、《周易》、《论语》、《礼记》、《公羊传》等五经文字，他并且用隶书写成，刻为四十六块石碑，历史上称为“熹平石经”。

熹平石经完成以后，全国各地的读书人，纷纷跋涉千里跑到洛阳来抄写正确的五经，一时之间，车水马龙，热闹极了。这是中国

“熹平石经”残石。

历史上辉煌的一件大事。

刻熹平石经是汉灵帝所做的惟一善事了。当时，灵帝整日被小人包围，朝廷里一塌糊涂。他耽（dān）于淫乐，喜欢玩狗，竟然为狗封“狗爵”，官位高的狗，头戴进贤冠，腰佩彩绶（shòu）带，神气活现，简直荒唐透顶。这自然又是宦官的主意。

蔡邕写了一个奏章呈给灵帝，检举太监。灵帝对蔡邕很尊重，边看边叹息。太监曹节躲在屏风后，早就虎视眈眈在注视，只恨距离太远，一时看不清楚，又不方便抢过来看，心里很着急。刚好灵帝入室更衣，曹节赶快拿来一看，发现蔡邕纠举的都是自己的同党人。

于是，曹节先下手为强，发动小人写了一个匿名的奏章，说蔡邕以私害公。灵帝交给尚书查办，尚书碍着宦官的情面竟判“斩首”，要不是灵帝体念蔡邕对国家有功减刑，蔡邕便上了断头台。

从上可知，蔡邕是个孝顺父母，有为有守的读书人，对文化极有贡献，怎么会和赵五娘的事混在一起？真是奇怪，想来总是有些好事之徒乱造谣言所引起的。

昏君·奸宦·“黄巾”

东汉末年的汉灵帝，是历史上有名的昏君，他宠信宦官无以复加，曾经说过“张常侍是我公，赵常侍是我母”（张常侍、赵常侍都是宦官），简直把太监当成亲爹娘。所以当时宫中最嚣（xiāo）张的十个太监，号称“十常侍”，人人畏之。

这十常侍为灵帝出了许多莫名其妙的主意，譬如公开地贩卖官爵，两千石（dàn）的官（相当于现在的部长）两千万钱，四百石的官（相当于现在的科长）四百万钱，如果钱不够，没有关系，可以分期付款，但是要加倍还利息！可以说是由皇帝倡导的“红包政策”。于是，地方上充斥着买来的官儿。

收了红包，自然要大大享受一番，修园子，建宝殿，都嫌不过瘾，灵帝建了一个特大号的浴池，将西域进贡来的香草浸泡在池中，与美女共浴。浴后的水，从沟渠中流过，那芬芳扑鼻的香味儿可传到数里之外，人称为“流香渠”。

宦官又教灵帝打扮成商人模样，在后宫中和宫女玩买卖的游戏，讨价还价，打打闹闹。由于灵帝不够精明，到头来，这个假商人的货物全被宫女骗光了。但是灵帝觉得很有趣，乐此不疲，成日与美女打情骂俏，把国家大事抛在脑后，常常快乐地说：“能万岁如此，真神仙也。”

由于政治腐败，老百姓苦不堪言，在人心痛苦的时候，最容易产生迷信心理，求取心灵上的慰藉（jiè）。“黄巾”便这样出现了！

话说有个名叫张角的巨鹿人，读过几天书，自称为大贤良师，他供奉一些神，号称太平道。

当时民间流行传染病，死者不计其数。张角找到了几个治病的古方子，到药店抓了药，用水煎成汁，放在瓶子里，自称能为病人驱魔。

等到病人上了门，张角把药水取出，叫病人跪拜在坛前祈祷，他自己就假装在烧符，口中念着一些别人听不懂的话，装模作样地搞了半天，再慎重无比地把药拿出，让病人服下。

有的病人吃药以后，依旧一命归天，但也有几个命不该死，竟然活转过来，感激涕零之余，把张角当成了神。十年下来，凡青、徐、幽、冀、荆、扬、兖（yǎn）、豫等八州，没有不知大贤良师者，甚且有人变卖家财，万里跋涉以求见一面。他的信徒加起来竟有数十万之多。

司徒刘陶深以为忧，上书请求朝廷加以取缔（dì），灵帝正忙着斗鸡走狗，没有工夫管这些，置之不理。

张角眼看时机已成熟，把部下组织为三十六方，每方派一个“渠帅”带领，大方有一万多人，小方也有六七千人之多，并且说：“苍天已死，黄天当立，岁在甲子，天下大吉。”意思便是说改朝换代的时机已来到，由张角统一天下了（张角的部下都以黄巾包头，所以称为“黄巾之乱”）。他派人混入京师，在夜晚，用白土在官员家的大门上写着“甲子”二字，官员们早上出门看到，吓得魂不附体，直打哆嗦。

灵帝张皇失措，不知如何是好，郎中张钧上书：“张角能作乱，全因十常侍鱼肉百姓所致，如果斩十常侍，则天下太平。”灵帝把上书拿给十常侍看，十常侍纷纷辞官，磕头请罪，而且捐献钱财劳军，装腔作势表演了一番。

灵帝大为感动，更认定太监们对他是一片忠心，倒是张钧口出狂言，太可恶了，下令把张钧逮捕狱中，拷打致死。

此时，有个凉州将军皇甫嵩，擅长骑马射箭，足智多谋，他看准当时正是盛夏，“黄巾”结草为营，就拟了一套火攻的办法，趁着黄昏起风时，天色漆黑如墨，命军士用火点燃了苇草，向“黄巾”营中抛去，草遇到火，立刻烧成一片，刹那间，火焰冲天，“黄巾”大惊！皇甫嵩又率领军士手持火炬，一路鼓噪而来，杀得“黄巾”尸横遍地。到了天亮，又有一支官兵，从外杀了进来。内外夹攻之下，“黄巾”失败，率领这支官兵的，不是别人，正是一世枭（xiāo）雄——曹操。

皇甫嵩平乱有功，理该升官，太监张让向皇甫嵩要求一个大红包——五千万钱。皇甫嵩不理会张让，张让恼羞成怒，跑到灵帝耳根旁说：“皇甫嵩虽然讨平‘黄巾’，但是官兵损失惨重，这是他办事不力。”昏庸的灵帝，就将皇甫嵩削官降职。

“黄巾”起事虽然讨平，但国家元气大伤，因此而生的造反者，有张牛角、于毒、李大目等，不计其数。汉灵帝不辨是非，不明善恶，难怪把国家搞得一团糟。

袁绍屠杀宦官

糊涂的汉灵帝在中平六年（189 年）去世，只活了三十四岁。奇怪，东汉末期的皇帝全都短命。年仅十七岁的刘辩即位，是为汉少帝。

由于少帝年纪还小，由何太后听政，太后的哥哥何进掌权，政治的权力中心，又由宦官转到外戚身上。

何进一向痛恨宦官，尤其和统领西园八校尉的小黄门上军校尉蹇硕（jiǎn shuò）形同水火，他就和中军校尉袁绍商量，怎么可以除掉蹇硕。袁绍这个人仪表威武，相貌堂堂，以前在党锢之祸的时候，救了不少有气节的读书人，因此何进非常尊重袁绍。

不料，宦官蹇硕已听到了风声，悄悄地在暗中部署，逼得何进只有先下手，干掉了蹇硕，收回了兵权。

这时，袁绍劝告何进："以前窦武想杀宦官，因为事机不密，反而被宦官所杀，你现在统领禁兵，何不趁此机会，把宦官一网打尽，赢得千秋万世的美名？"

何进很赞成袁绍的看法，立刻进宫向太后禀告。

何太后想了半天，迟疑地说："这个不太好吧！宦官管理皇宫是自古以来就有的制度，而且我一个妇道人家，先帝又去世不久，和士人一起共事也不方便，还是得过且过算了。"

何进也不敢再争，缩着脑袋退出宫门，刚一出门，马上被袁绍一把拉住："怎么样？"

“太后不肯，没有办法。”何进皱紧了眉头。

袁绍神色凛然道：“糟了，现在骑虎难下，一失机会，恐怕会被老虎给吞了。”

宦官张让等得到了消息，连忙用金珠玉帛买通左右，向何太后下功夫，久而久之，太后渐渐与何进疏远。何进本是个优柔寡断的人，这样一来，更不敢有所举动。袁绍在旁干着急，又为何进献上一计：

写信给附近的四方猛将及各处将帅，请大家带兵进京，逼迫太后非杀宦官不可。

何进深以为然，分头写信给各地豪杰。其中有个名叫董卓的将领驻守凉州，野心勃勃，惟恐天下不乱，接到信后即刻率领羌胡兵南下，并且写了一封信给太后，威胁太后杀尽宦官。

何太后看了信，大为不悦，何进也有点忐忑不安，想阻止董卓也来不及了。太后非常恐慌，下令罢免所有宦官，一律各自回家乡。何进两手一摊，对着跪在地上求饶的太监们说：

“并非我想和各位为难，现在天下滔滔，不肯就此干休，你们还是早点儿滚吧！”

何进谋诛宦官，清朱芝轩绘。

不久，宦官假传圣旨，把何进骗入宫内，一入宫，门“砰”的一声关上，宦官张让指着何进的鼻子大骂：“好啊，现在天下大乱都怪到我们头上来啦！想当年先帝和太后为了王美人的事闹得感情不睦，要不是咱们哭哭啼啼为你们兄妹说情，你们有今天吗？哼！”说着，大小宦官都围了上来，何进手无寸铁，只有任凭宰割。

在外头等待的尚书，发觉有些不对劲，于是大呼：“请大将军出来宣诏。”不料宫内有人嚷道：“何进谋反，已经斩首。”话还没说完，隔墙掷出一个鲜血淋淋的头颅，眼睛睁得大大的，正是何进的脑袋，说有多恐怖就有多恐怖！

袁绍接到消息，率兵攻进了皇宫，四处搜寻宦官，见一个，杀一个，见十个，杀十个，无论是老少长幼，只要是没有胡子的男人一概杀。杀！杀！杀！一口气杀了三千多人。有许多宫女被士兵误认为是宦官，也惨遭杀害。

宦官张让、段珪（guī）在一片混乱中，挟持着小皇帝及皇弟陈留王出宫逃亡，这是东汉外戚宦官争权的最高峰。其结果是：少帝只做了六个月的皇帝，后来被董卓所废，并被毒死。真的是两败俱伤，同归于尽，也断送了国家的命运。

董卓乱政

袁绍带兵进宫杀光了没长胡子的男人，太监张让、段珪等在乱兵中，挟持十七岁的少帝，以及九岁的陈留王逃出皇宫……

一行人走到小平津时已经深夜了，正茫茫然不知所措，忽然听到背后传来声音，原来是尚书卢植以及南中部掾（yuàn）闵（mǐn）贡赶来了。闵贡叱责张让道："乱臣贼子还想逃命，看我今天不宰了你。"说着，拔剑出鞘，信手一挥，便把张让身旁几个小太监劈倒了。

无恶不作的张让，如今死期已到，跪在汉少帝面前哭哭啼啼："臣等死了，望陛下自爱！"说完话，他便一跃入水自尽了。

于是卢植、闵贡搀着少帝和陈留王转回宫中。由于少帝及陈留王年龄很小，而且自幼在皇宫中娇生惯养，从来没有走过夜路，加上天色黑暗，凉风飒（sà）飒，又满地荆棘，七高八低的，还真不好走哩，只有借着萤火虫发出的微光，慢慢地向前挪动。

走啊走，走了半天，闵贡发现了一户人家，门前停着一辆板车，他就把少帝兄弟抱到车上，推到了驿站。

第二天一早，闵贡雇了两匹马，少帝独自一匹，他抱着陈留王骑着另一匹。其他随员步行在后。

正在缓缓向前，忽然之间，尘土冲天，旌（jīng）旗招展，大队人马呼喊而来！大家都吓了一跳，尤其是少帝，"哇"的一声哭了起来。

这时，有个长得浓眉大眼、腰壮体肥的大将军走了出来，他不是别人，正是准备派兵入宫帮忙何进、袁绍铲除宦官的董卓。董卓本来驻军在城外，远远看到宫中大火，知道发生了政变，连忙带兵进城，没有想到在这儿遇上了皇帝。

董卓上前来和少帝谈话，少帝已被一连串的事故吓呆了！只是一个劲儿地揩（kǎi）眼泪，半句话也说不出。

问了半天问不出个道理来，董卓只好转身去问陈留王，没有想到这个年仅九岁的小王弟很沉得住气，不慌不忙地把事情的前前后后交代得一清二楚，董卓大为惊异。再一询问才发现，陈留王从小由董太后抚养长大，董太后姓董，和董卓同宗，如此一来，董卓对陈留王又多了一分好感。

董卓，选自清皇家珍藏手抄善本绘图描金银《三国志演义》。

一行人回宫以后，少帝与陈留王到处找传国国玺找不着，这也是一件怪事，更是一个不祥的预兆。

董卓带兵入京，匆匆忙忙之间，只带了三千人马，他恐怕兵少力薄，不足以服众，就每隔个四五天，将一部分人马调出城外。到第二天清晨，再敲锣打鼓地返回营中，不明就里的人，还以为他有多少兵马呢。

自从掌握兵权，董卓的气焰一天比一天高。有一天他对袁绍说："现在的少帝太过软弱，不配为君，陈留王年纪虽小，非常聪颖，我想立他为君，你看如何？"

袁绍说："不可以，不可以，今上年纪还小，又没有犯什么过错，为什么要废君？如此一来，天下一定也会不服的。"

董卓听了，勃然大怒："你小子胆子可真大，现在天下的事，谁敢不听我的？嘿嘿，莫非你以为我董卓的刀不利，对不对？"

袁绍也火了："你以为天下的势力，都在你姓董的混蛋手上吗？"说完，提着刀，骑上马，逃奔到冀州去了。

紧接着，董卓就提出了他的主张，文武百官个个大惊失色，也不敢作声，只有卢植站起来反对。董卓恶狠狠地瞪着卢植，拔起剑，猛烈地向卢植扑去，众人急忙向董卓劝说道："卢植是海内大儒，很有人望，你杀了他，会使天下不安的！"董卓才不甘心地把剑收回。

就这样，少帝被废，陈留王继任为帝。这个新立的小皇帝刘协，就是东汉最后，也是命运最为坎坷的汉献帝。然而，令人不可思议的，他却是在群雄虎视之下，自有东汉以来，仅次于光武，做得最久的一位皇帝。光武扬眉吐气在位三十三年，献帝则是忍气吞声在位三十二年。最后，终为曹操的儿子曹丕所篡灭。

一代才女蔡文姬

《蔡伯喈（jiē）被赵五娘的故事害惨了》的那篇故事中，曾介绍了旷世逸才蔡邕（yōng，字伯喈），现在再讲一个蔡邕的女儿——蔡琰（yǎn）的故事。

蔡琰字文姬，是蔡邕的独生女。由于蔡邕是个有名的经学家、辞赋家，擅长音乐，家中又有四五千卷的藏书，文姬在父亲的熏陶之下，博学而多才，琴棋书画样样在行，从小沐浴在文艺的气氛之中。

有一天，蔡邕夜间弹琴，忽然之间，琴弦“嗒”的一声绷断了。文姬在旁说：“这是第二弦。”蔡邕说：“你猜对了。”又继续弹下去。

弹了一半，蔡邕故意用手指弄断另一根弦。文姬笑笑说：“这次断的是第四根弦。”蔡邕高兴极了，直夸文姬聪明。父女二人研究诗歌，共享音乐，日子过得很美。

文姬十七岁那年，嫁给河东地方的卫仲道，可惜卫仲道没有福气消受美人恩，新婚不久卫仲道因病去世，也没有留下一男半女，文姬只好回娘家，陪着父亲吟诗弹琴，倒也悠闲自在。

不久，董卓乱政专权天下，他想要收买天下，沽名钓誉，打听到主持熹平石经的蔡邕，是大众敬慕的读书人，准备召他为官。

蔡邕不愿意为老奸贼效命，托说身体有病。董卓生气了，对蔡邕说：“我能用你这个人，我也能灭你蔡家的族。”

蔡邕没有办法，只好应诏入京。临走之前，蔡邕拍拍文姬的肩膀道：“我实在不想去，可是命令不能违抗。到了洛阳以后，我虽然不能扭转情势，但至少要竭尽所能伸张正义，点亮每个人心中的一丝亮光。我走了，你要好好照顾自己。”说完了，蔡邕低着头上路了。

蔡文姬，选自《吴友如画宝》。

不久，吕布把董卓杀了，董卓的部下带着匈奴兵打家劫舍。初平三年（192 年），文姬不幸被匈奴兵掳（lǔ）去。同年四月，蔡邕因为董卓案的牵累，被王允杀死。可怜的文姬，还不知道这个消息。

到了兴平二年（195 年），文姬被辗转带入南匈奴，被迫嫁给胡人，生了两个儿子。她听不懂胡人的话，吃不惯胡人的食物，住不惯胡人的帐篷，最叫她不能忍受的是，胡人不讲礼仪。而文姬自小家教谨严，知书达礼，只有对着皑皑白雪，暗自垂泪。

之后，曹操夺到了天下大权，想起蔡邕有个女儿，千方百计打听出文姬在南匈奴，用重金将她赎回。

回到汉地以后，文姬又嫁给了同乡董祀。后来董祀犯了法，文姬到曹操那儿苦苦哀求，董祀才免于一死。文姬到此，真是历尽沧桑。

文姬归汉，南宋陈居中绘。

她把这股抑郁宣泄在《胡笳十八拍》，以及《悲愤诗》中。在《悲愤诗》中，文姬从董卓作乱被掳入胡写起，一直写到还乡再嫁为止，条理严谨，将十二年间流离转徙的生活，悲伤痛苦的心情，以及当代政治的紊乱，一起在诗里反映出来，成为一首最有社会性及历史性的作品。中间描写胡人对汉人的虐待，例如“马边悬男头，马后载妇女”，形容离开胡地，不忍与儿子别离，“儿前抱我颈，问母欲何之”。（欲何之，就是“到哪儿去”的意思。）以及回家后所看见那种荒凉凄惨的景象，和隐伏在心中沉痛的悲哀。写得深刻感人，是中国文学史上了不起的叙事诗。

文姬一生坎坷多难，可以说得上是纷乱的大时代之中，一个悲惨的牺牲者。所以说，“覆巢之下无完卵”。国家衰亡，管你是老，是少，是男，是女，统统完蛋。

神医华佗

当我们生了病去看医生的时候，经常都会发现医院的墙上，挂了许多“华佗再世”的匾额。这是病人痊愈后，为了感谢医师的仁心仁术，特别推崇他医术高明，可以媲（pì）美华佗的意思。今天，就要讲神医华佗的小故事：

华佗是东汉末年的读书人，当时天下大乱，加上灾疫流行，老百姓苦不堪言。华佗看到这种悲惨的情形，从小就抱定主意，做一个良医，为大众解除痛苦。

他刻苦好学，认真研究春秋战国的扁鹊和东汉张仲景所遗留下来的医书，并且创造发明，对内科、外科、妇科、小儿科、针灸都很在行，尤其擅长外科手术，可以算得上是中国外科医学的鼻祖。

远在汉代以前，人们已经发现若干药物具有麻醉的功效，华佗利用这些物质，配成“麻沸散”，用来摘除肿瘤、缝合肠胃。他先叫病人用酒服下麻沸散，等到病人昏迷之后，开腔剖腹，把疾秽之处割掉、缝合，敷上药膏，过了四五天，伤口愈合，一个月之后，就完全康复了。

《三国演义》这部小说里，记载关公守襄阳的时候，右臂中了毒箭，华佗前来医治，他说最好是把手臂套在锁环中用绳子捆紧，再用棉被蒙住脑袋，然后开刀动手术。可是关公表示：“用不着这样麻烦，我不怕痛。”于是，华佗动手操刀，割开皮肉，一直割到了骨头，发现骨头已被剧毒染成青色，便用刀刮毒，刮得窸窣（xī

华佗，选自清皇家珍藏手抄善本绘图描金银《三国志演义》。

sū）有声，听起来相当恐怖！其实，开刀不用麻醉，不太可能，正史书上也没有记载这一段，但是华佗能动手术，应该是没有问题的。

有一天，华佗上街碰到一个人，咽喉阻塞吃不下任何食物，华佗建议他去买三两蒜，调上半碗醋喝下去就好了。病人喝下以后，不一会儿，吐出一条大寄生虫来，病就不药而愈。病人欢天喜地拿着寄生虫去见华佗，却见华佗家里的墙上挂了十几条同样的大虫。

又有一次，有个李将军来找华佗，说他妻子生产后病了，请华佗过去看看。

华佗诊断的结果，这个妇人受了伤，胎儿还未下来。李将军大为不悦："在你来之前，明明胎儿已生下来了。"不但不相信华佗的说法，还把他赶出门外。

过了三个多月，这妇人的病愈来愈严重了，李将军只好再去找华佗，华佗也不计较李将军先前的无礼，立刻赶来，诊断的结果还是和上回一样，有个胎儿在里面，原来是个双胞胎。因为第一个胎儿生下时，失血过多，影响第二胎，经过扎针，服药，这个死胎儿才取下。

有一个人，得了一种头晕的毛病，日子一久，不但头会晕，最后连头都抬不起来，眼睛也看不见了。这病一拖，就是一两年，群医束手，后来，病人听说华佗的大名，赶快去找华佗求治。

华佗检查之后，命病人把身上的衣服脱光，双脚足踝（huái）绑上绳子，头下脚上倒挂在屋梁下，头离地约一两寸。接着，用湿布拭擦全身，并且使倒挂的病人悬空旋转，过了一会儿，发现病人的经脉都呈现五色。

华佗叫几名徒弟用刀割开经脉，血立刻流出来，奇怪的是，血是五色的。等到五色血流完，流出鲜红的血，便把病人放下来，涂上止血药，再用药膏擦皮肤，又调配了药水给病人喝，过了几天，病人的怪病就痊愈了。

又有一个郡太守，长期重病，请华佗来医治，华佗诊视以后，表示药很贵，郡太守为了治好病，只得忍痛付了一大笔钱给华佗，没想到华佗收了钱并不开药，只在客房里呼呼大睡。

郡太守很不高兴，却也无可奈何。

第二天早上，佣人报告郡太守，华佗趁夜晚逃走了，郡太守急急赶到客房，只见房内空空如也，华佗早已不在了。

书桌上倒是留了一封信，原来是华佗写的。信中大骂郡太守，郡太守大怒，立刻派人去追杀华佗，结果，又找不到华佗。

郡太守自觉被华佗骗去巨款，又挨了臭骂，愈想愈气，一时之间，胸口翻腾，竟吐出几升黑血。

不料，这几升黑血吐出之后，精神大振，病竟然好了。过了几天，华佗登门拜访，把钱还给郡太守说："你的病是淤（yū）积的黑血造成的，故意激怒你，就是要让你气得吐血，现在，你的病已经好了，我把钱还给你。"

曹操也是华佗诊所里的病人，据说他常患头风眩，华佗为曹操扎了一针，病就好了。因此，曹操很喜欢华佗。但是华佗不齿曹操为人，又急于返家为乡里服务，假托妻子病重告假。

华佗五禽戏，佚名绘。

曹操事后知道此事，大为震怒，下令赐死华佗。华佗临死之前，拿出一卷书交给狱吏，对他说："这本书可以救人的……"狱吏摇摇头，不敢接受。华佗只有叹口气，便把这本伟大的医学宝典给烧了，真是可惜！

华佗曾发明了一套可以延年益寿的妙法——"五禽戏"。那就是模仿虎的扑动前肢，鹿的伸转头颈，熊的伏倒站立，猿的脚尖纵跳，以及鸟的展翅飞翔等动作。他曾在许昌指导很多人做过这种体操，颇受欢迎。华佗的学生吴普，天天做五禽戏的体操，活到九十岁，还是耳目聪明，齿牙完整。

华佗距今有一千七百多年，已有如此成就，足以证明，中国人的智慧绝对是一流的！

可惜华佗的医学没有传下来，否则，中国医术的成就就更大了。

董卓与吕布

奸雄董卓废掉少帝后，迎立了九岁的小皇帝——汉献帝。

这时候，各路人马纷纷起兵攻讨董卓，董卓决定劫持着汉献帝，把国都自洛阳迁移到长安去。

宫廷内没有一个人情愿迁都的，但是为董卓所迫，只好草草收拾行装。董卓又下了一道命令——不准挨延时日。一些富豪人家，仓促之间来不及安排，请求宽限几天，董卓正好利用这个机会，把富豪的财产吞没，并且斩首示众。

洛阳上百万的老百姓，含泪忍痛离开故乡，抛弃田园庐舍，带着些细软物件，扶老携幼地上路了，一路上人踩人踏死人，沿途又有小偷强盗趁火打劫，死伤不计其数。董卓自己留在洛阳毕圭（guī）苑中，一把火烧光了宫殿、官府、居家，整整方圆两百里内，都成为断垣残壁的荒芜之地，连一只鸡、一条狗都找不着。他又命令亲信吕布，把以前皇帝贵族的坟刨开，收取墓中的珍珠宝贝纳入自己的荷包中。

残忍的董卓掳获到一批山东兵后，他拿了几十匹布，把山东兵一个一个用布缠紧，再用膏（gāo）油淋在布上，然后在脚上点火焚身，那种哀嚎的哭声，烧人肉发出的臭味，真叫人耳不忍听，目不忍睹。

董卓到了长安后，政事大半由大臣王允治理，王允非常忠心于汉室，但是表面不动声色，假意奉承董卓。

不过董卓最信任的人还是吕布，吕布擅长射箭骑马，臂力过人，武功高强，是董卓的贴身侍卫。董卓非常喜爱吕布，把他收为干儿子，然而董卓这个人性子太刚烈，有一次，吕布有件小事不合董卓的意，董卓抽出小戟（jǐ）（古代一种兵器，将戈与矛合一，可以直刺与横出）就朝吕布掷过去，幸亏吕布身手矫捷，一下就避开了，但从此心里埋下了仇恨的种子。

后来，吕布偷偷和董卓宫内的一个婢女相好，他很害怕这件事被董卓知道，心里益发不安。（在《三国演义》这部小说中，描写王允利用养女貂蝉为工具，制造董卓、吕布的不和，然而正史上没有这一段美人计，也没有貂蝉这个人。）

王允看出吕布对董卓的不满，意图拉拢吕布为内应，找个机会杀掉董卓，因为董卓时时害怕被暗杀，走到哪儿都有严密的保护，一般人绝对近不了身的。

吕布考虑了半晌说："这不太好吧，我们是父子。"

凤仪亭，清代年画。据《三国演义》：王允有义女貂蝉，美貌异常，王允将貂蝉分别许给董卓与吕布，最后献于董卓，却命貂蝉与吕布欢好。一日，吕布与貂蝉在凤仪亭相会，董卓撞见，大怒，用戟掷吕布。

“什么父子？你姓吕，他姓董。”王允又接着说，“你念及父子之情，那董卓用小戟刺你的时候，他怎么不考虑父子之情？”

吕布被王允说得心动了。献帝初平三年（192年）四月，恶贯满盈的董卓自未央殿走出，他内穿防身铁甲，外罩上朝官服，大摇大摆，一步一步地走出来，骑上马，两旁兵士夹道，层层护卫，吕布骑着赤兔马紧跟在后头。

吕布刺死董卓，清朱芝轩绘。

走到水掖门时，董卓的马忽然停止，昂首长嘶，郡骑都尉李肃自马旁冲出来，拿着戟往董卓胸前搠（shuò）去，董卓身穿革甲，因此刺不进去，手臂上却被划了一刀，跌倒在车上，董卓大叫：“吕布，吕布，快来啊！”

吕布在后严厉地说：“朝廷有诏书，要杀老奸贼！”

“你，你这笨狗也做这种事？”董卓话还没说完，吕布的戟已刺入董卓的咽喉。在旁的官兵都大呼：“万岁，万岁！”老百姓听到董卓已死的大好消息，在长安街上歌舞狂欢，比过新年还热闹。此时，天气转热，董卓本是大胖子，脂肪淌流出来，守尸的人在董卓肚脐里插了一根灯芯点起来，竟然光亮如昼，一连烧了好几天。

由于董卓之乱，地方上许多英雄好汉起兵讨董，后来演变成为三国鼎立的局面，汉朝此时已名存实亡。

曹操从小奸诈

我们骂某人很阴险，常常会说他“像曹操一样”。以下是这个大奸雄未发迹以前的几个小故事。

曹操字孟德，小名叫阿瞒，他小的时候非常机警，喜欢飞鹰走狗，任侠放荡，游手好闲。

曹操的叔父很讨厌他这种德行，时常在曹操的父亲曹嵩耳边数说：“你这个宝贝儿子，要好好管教管教！”曹嵩听了，便把曹操喊来教训一顿。曹操挨了揍，对叔父深为不满。

有一天，曹操在路上碰见了叔父，立刻仆身倒地，脸色发青，直翻眼珠，嘴里不断地吐着白沫儿。他叔父吓得问：“怎么了？怎么了？”曹操回答：“我中风了！”

一听中风，非同小可，曹操的叔父赶紧去跟曹嵩说，等曹嵩赶来一看，曹操好好的站在那儿，曹嵩着急地问：“你中风了，现在好一些没有？”

“哎，孩儿哪有中风，只是叔父不疼我，故意说我中风。”曹操委委屈屈地告诉了父亲，曹嵩看曹操没有一点儿不舒服的样子，信以为真。

从此以后，叔父每次好心跑来告诉曹嵩，说曹操的种种败德坏行，曹嵩都当做没有听见，曹操为自己的诡计得逞，得意得要命。

曹操长大以后，博览群籍，特别爱好兵法，能文能武。当时有个人叫许子将，很会看相。曹操跑去问许子将：“你看看我怎么样?”

曹操，选自清皇家珍藏手抄善本绘图描金银《三国志演义》。

许子将只是微微笑着，默不作声，曹操很愤怒：“好就是好，不好就是不好，你赶快说啊。”许子将被曹操逼急了，只好回答：“你啊，在天下太平时是个能臣，在世局动乱时是个奸雄。”曹操听了也不生气，哈哈大笑，推了许子将一把说：“你真算准了！”

以后，“黄巾”起事，曹操被任命为骑都尉，讨伐颍（yǐng）川义兵有功，又升为济南相。不久，又改为东都太守。

这个时候，大将军何进与袁绍阴谋杀光宦官，写信给各地将领派兵相助，也写了信给曹操。

曹操看到了信，哑声失笑道：“宦官是古来便有的，如果皇帝不交给他们权力，他们有什么本事可以为非作歹，所以要杀，杀掉宦官首领就可以了，何必劳师动众。我看，袁绍、何进是非败不可。”因此曹操按兵不动。

果然，曹操的眼光独到，袁绍杀光了宫中没有胡子的男子后，大权被董卓夺去，董卓废掉了少帝，迎立了献帝，京都洛阳大乱。董卓任命曹操做骁（xiāo）骑校尉，准备与他共谋大计。曹操看准董卓必败无疑，不愿与董卓共事，董卓下令逮捕曹操，曹操赶紧连夜化装改名换姓逃离洛阳。

走了三天三夜，到了成皋地方，曹操想起来他父亲有个朋友吕伯奢住在这儿，决定在吕家住一宿。

吕伯奢见到曹操，非常高兴，客气万分，他请曹操用过茶后，又留曹操在家吃晚饭，然后就独自出去了。

曹操生性多疑，他心中暗想："吕伯奢也不是我的至亲，他会不会去通风报信了。"于是，曹操偷偷走到草堂后，忽然听到沙沙磨刀的声音，心里大吃一惊。

"咱们把它绑起来宰了吧！"曹操听到有两人在后堂说话，他想，这下不会错了。吕伯奢的家人一定在设计害他，于是，曹操拔剑直入后堂，一口气杀光了吕伯奢家中大大小小八个人。杀完了以后，到厨房一看，一条大猪拴在那儿，原来曹操误会了吕伯奢，人家杀猪待客，一片好心却落得全家灭口。

曹操逃出了吕家，远远看见吕伯奢骑着马过来，手上提着又是酒又是菜，才知道吕伯奢不是去报告官府，而是去买酒菜。曹操惟恐他回来看见尸首，不由分说地把吕伯奢砍成了两半，然后逃之夭夭。

一口气误杀九个人，曹操也不后悔，他说："宁可我对不起别人，不能让别人对不起我。"这是曹操最受后世批评的地方——阴险狡诈。

兵变·人质·汉献帝

东汉末年，吕布杀掉老奸贼董卓后，大权就由发动政变的王允控制着。政变成功后，吕布劝王允把董卓剩下的残余部队杀光，以免留下祸患，王允不答应。董卓的部下请求赦免，王允回答："今年已经大赦过了。"迟迟不肯再发大赦令。

究竟王允心里怎么打算，谁也不知道。再加上政变之后，谣言四起，老百姓纷纷猜测董卓的凉州兵难逃一死。于是，董卓的部将个个不安。

其中有一个叫李傕（jué）的，率先发动闪电兵变，攻进了长安城，见人就杀，城里哭声震天，乱成一团。李傕等在墙下高呼："交出王允！""我们要为董卓报仇！"

王允没有办法，只得步下城门，想到街上去安抚乱兵。不料走到城门口，就被乱兵所杀。由于他缺乏果断力，不但自己赔上了性命，百姓遭到残杀，也害得汉献帝落入贪暴的李傕手中。

李傕等人本是土匪，没有治理政事的能力，更糟糕的是从兴平元年（194 年）的四月到七月，整整三个月，没有一滴雨，旱灾加上缺粮，最后落到人吃人的悲惨地步。将领们彼此争权，互相战斗，李傕挟持着献帝当人质，烧宫殿，劫官舍，闹得一塌糊涂。

由于李傕没法子服众，他便用"下毒"的方式除去有野心的同僚。

有一次，李傕在会议上杀掉樊稠，又邀请郭汜（sì）赴宴，郭

李傕、郭汜大交兵，选自清刊本《三国演义》。

汜回到家，腹痛如绞，郭汜的太太道："糟了，一定是中了毒，赶快，赶快拿粪汁来灌。"灌得郭汜吐了一地，气得带兵去找李傕算账，两人就在长安城中厮杀起来。

此时，献帝左右的宫人饿得直不起腰来，献帝只好向李傕要求五斗白米，五副牛骨给下人充饥，李傕粗里粗气地说："这个时候哪有白米？"派人搬来五副腐烂的牛骨，那牛骨臭得要命，献帝捏着鼻子要发脾气，看看李傕凶狠的模样，不敢吭声，只有把眼泪往肚子里吞。

后来，李傕认为扣留着献帝没多大作用，不如放献帝回洛阳。献帝正满怀欣喜离开虎口，李傕马上后悔了，觉得挟持着天子能增加自己的威望，又派着大军来追。

献帝危在旦夕，有人建议："渡过黄河，到河东去避难吧！"可是，河岸有十多丈高，无法下去登船。情急之下，拿着一匹白绢，叫人背着献帝，用绢兜着，慢慢儿自岸上放下去。

许多侍从连滚带爬也掉进了河里，都想爬进船只，为了怕船超载，献帝的侍卫拿刀猛挥。许多正趴着船边准备翻进船身的侍从，手指都被剁掉了，一时之间，河中漂浮着无数的手指头，悲惨极了。

献帝一行，千辛万苦到了河东，河东太守差人送了点食物来，这才暂时歇一口气。献帝为了答谢他的美意，封河东太守为侯爵，当然这只是一个空头衔。

听说皇帝驾到，许多土匪盗贼争先恐后前来求官，献帝不能不答应，问题是官有官印，在匆忙之间，却又来不及刻印，临时找了许多石头，用锥子刻了一些官名应付过去。一时之间，厨师、走卒也都成了官儿。

因为找不到像样的房舍，献帝住在一间由篱笆围起来的破房子里面，连个大门都没有，就在院中的空地上举行上朝。朝会的时候，士兵们围坐在篱笆前面，你推我挤，嘻嘻哈哈，不时有人被推倒，又惹得一场大笑，丝毫没有庄严肃穆的气氛。

献帝在河东地方待了两年，直到建安元年（196 年）二月，才由河内太守张杨派人迎接回到洛阳。

献帝进入洛阳一看：宫室都被烧得差不多了，街屋全毁，一片瓦砾，洛阳只剩下几百户人家。他走进一间尚书郎的房舍，赫然发现墙壁间“咚”地跌出一具尸体，原来尚书郎是活活被饿死的！真是“覆巢之下无完卵”。

献帝在洛阳的生活十分困苦，皇宫残破，宫内野草长得比人还高，到了夜晚，有狼和狐狸出没，真是鬼哭神嚎，恐怖极了。然而，这只是心理上的压力，更严重的是没有食物。洛阳被董卓放火焚（fén）烧，简直成了废墟，人烟稀少，没有粮食生产，各地的地方官又不把税收的粮食送来，所以献帝和随从的官吏们每天都面临断粮的恐惧。

面对这种困境，献帝只有一个办法——发诏书给各地的刺史（刺史是东汉末年最高的地方行政长官），要各地刺史赶快到洛阳来援救。

可惜献帝已经是一个没有权威的皇帝，献帝的诏书送到各地，刺史们都不加以理会，也不肯派人送粮食到洛阳，他们已经割据一方，希望汉朝皇帝早一点死掉，后继无人，汉朝便自然结束，他们就可以据地称王了。

不过，汉献帝左盼右盼总算没有绝望，还是有一队救兵来了，那就是兖（yǎn）州刺史曹操。

还记得被董卓捉拿，连夜逃出长安的曹操吗？如今他统治了兖州，驻兵许昌。接到献帝的诏书，曹操立刻领兵到洛阳，曹操以洛阳残破无法建都为名，把汉献帝挟持到了许昌，自封为武平侯，从此曹操挟天子以令诸侯，好不威风！

刘备怒打督邮

三国中大家最熟悉的人物应该是：刘备、关羽、张飞。

刘备，字玄德，是汉景帝中山靖王的后裔（yì），因为父亲去世得早，家道中衰，跟着母亲贩卖草席过活。

刘备家的房舍东南角长了一棵桑树，有五丈多高，远远望去，树顶像个车盖，非常阴凉。刘备小时候，经常和小朋友在树下玩耍嬉戏。由于他很有领导才能，每次玩游戏，大家总推选他带头。

有一回游戏时，刘备仰着头指着桑树说："哼，我将来长大以后，要当天子，乘这种有车盖的大车。"他的叔父在旁听见了，连忙呵斥道："小孩子不要乱讲话，说这种话可是要杀头的。"

蜀主刘备，唐阎立本绘。

刘备不太喜欢念书，爱好狗、马、音乐，也喜欢把自己打扮得漂漂亮亮的，衣着（zhuó）光鲜，引人注目。他个儿很高，有七尺五寸，手长得特别长，直到膝（xī）盖；耳朵很大，直垂到肩，一转头便能看到自个儿的耳垂；沉默寡言，不喜欢多说话，喜怒不形于色，脸上没有什么表情。为人讲义气，够朋友，最爱结交英雄豪杰。

汉灵帝末年，“黄巾”起事，各州郡招募（mù）义兵平乱。刘备的家乡张贴榜示，招募义军，刘备也加入了这支队伍，因而结识了关羽、张飞。

关羽，字云长，传说他髯（rán）长二尺，脸色如枣，丹凤眼，卧蚕眉，相貌堂堂，威风凛凛。因为地方上土豪欺压善良，他看不过去，一怒之下把土豪给杀了，只有逃离家乡，亡命天涯，正好遇上机会，投效军旅。

至于张飞，原本是个杀猪的屠夫，长得豹头环眼，燕颔（hàn）虎须，声若巨雷，势如奔马，也想破贼安民，为地方尽一分力量。

他们三人志趣相投，一见如故，马上成为最要好的朋友，简直比亲兄弟还要亲密。这时，刚好碰到自中山地方来的两个大商人，

关羽、张飞，选自清皇家珍藏手抄善本绘图描金银《三国志演义》。

一个叫张世平，一个叫苏双，每年都赶着一批马到北方去贩卖，如今碰到黄巾起义，不得已只好折回。

这两个商人深深了解国家不太平，人民无法安居乐业的道理。遇到了刘、关、张，对他们想为国效力的志愿非常嘉许，慷慨地赠送了五十匹良马、五百两金银以壮声势。

不久，“黄巾”来犯，这些披头散发，以黄巾包头的人拍马舞刀地来犯涿（zhuō）郡，刘备率领的一支军队，士气旺盛，立刻将“黄巾”驱出境外。因为刘备有军功，朝廷派他担任安喜县尉。

由于灵帝宠信太监，有十个宦官擅权乱政，号称“十常侍之乱”，十常侍用“卖官”的方式索取红包，因此没有送红包的都受到排挤。果然朝廷下了一道命令：凡是因为军功而做官的，一律淘汰。

刘备在安喜当了一个月的县尉，勤政爱民。这时，突然听到朝廷这项命令，心中忐忑不安，担心自己也在淘汰之列。不久，督邮（是地方监察官）因事到县城里来，刘备求见督邮，督邮托病不肯见，刘备气得牙痒痒的，关羽、张飞都是性烈如火，当然更是气不过。

刘备冲了进去，一把揪住了督邮的脑袋，乱打乱捶，直打得督邮灵魂出窍，喘息着说：“你，你……你怎么可以打我，我正奉了命令要免你的职，你小子竟敢动手，该当何罪？”

“很好，我也正奉了朝廷的命令要捉拿你这个贪官污吏。”接着，刘备不由分说把督邮拖了出去，用柳条当绳索，把督邮给绑了起来。并且，拿起柳条就开始猛抽督邮，一连打断了好几根柳树枝。

督邮吓得浑身发抖，哀声讨饶。

刘备打了一阵，气消了大半，拍拍手道：“好吧，饶你一条狗命。”于是，刘备把安喜县尉的印绶往督邮的脖子上一挂说：“这印绶拜托你交还。”说罢扬长而去。

刘备出了一口气，但自知打了督邮，长官必要追究，开始了亡命生涯。

诸葛孔明“隆中对”

刘备把督邮结结实实地揍了一顿，将印绶往督邮脖子上一挂后开始亡命。他曾奔往公孙赞处，做了平原相。在建安六年（201 年）公孙赞被曹操打败后，刘备再投奔荆州刺史刘表，寄居新野。

刘备在新野一晃便过了六年，壮志难伸，非常的不如意。有一天，刘备去上厕所，回到座位上时，满面泪痕，刘表惊讶地问道：“咦，你怎么啦?”

“哎，我生平不离鞍马，一向筋骨强壮，如今腿上的肥肉已松垮垮的，老啰！老啰！”刘备有说不出的垂头丧气。（这便是成语“髀（bì）肉复生”的出处，形容很久不骑鞍马，长出许多赘（zhuì）肉。）

刘表安慰他道：“贤弟快不要这么说。还记得在许昌的时候，你与曹操煮酒论英雄，曹操曾说过，现在天下当得上英雄二字的只有你们两人，你难道忘了吗？”

其实，刘备哪里会忘了呢? 只是年过四十七，一无所成，不免有惆怅失意之感。在内心深处，他还是想大展鸿图，为国家轰轰烈烈做一番事业的。因此明查暗访，到处探听贤人。

有一天刘备碰到一位襄阳名士司马徽，人称为水鉴（jiàn）先生，博学多才，他告诉刘备，当地有两位奇才，号称“伏龙凤雏”。所谓“伏龙”，指的是诸葛孔明，所谓“凤雏”呢，指的是庞士元。

后来，刘备又遇到一位贤人徐元直，刘备很欣赏他。徐元直却谦虚地说：“我的学问，比起诸葛孔明，差得太远太远了。”

一连听到两个不轻易夸人的贤者夸奖孔明，说得刘备心动不已，连忙请求徐元直帮忙介绍，徐元直正色地说：“孔明先生怎么可能来找你，要请，得你自己去请才行。”

这孔明先生便是历史上受人敬仰的诸葛亮。孔明是他的字，当时不过二十来岁，年少英俊，有学问，有抱负，更想为天下百姓谋福利，可惜没有机会出来做事。他买了几亩薄田，盖了一间草庐，隐居在隆中这个地方，耕田读书，倒也悠闲自在。

对于从政的荣华富贵，孔明是一点儿也不羡慕。然而看到国家衰亡，百姓流离，孔明心中有说不出的难过。他常常席地而坐，抱着膝盖大谈理想及抱负，自比为管仲、乐毅。旁人都笑孔明狂妄自大，目中无人，孔明只是笑笑，懒得辩白。

刘备准备了几色厚礼去拜访孔明，一连去了两回都扑了个空。第三次要出发的时候，张飞不高兴了，他说：“我看，今日不用大哥去了，我只要一条麻绳就可以把这个烦人的村夫绑来。”

“胡说，不可无礼。”刘备斥责着，依旧恭恭敬敬地去拜见孔明。

他们一行人到了草庐，这一回，运气不错，孔明在家。然而应门的小童说：“对不起，先生在睡午觉。”

“什么，在睡午觉？”张飞一听火大极了，“这家伙如此傲慢，待我到草堂后放一把火，看他起来不起来？”张飞的吼叫立刻被刘备阻止，张飞没办法，只有耐心地等。

孔明这个午觉睡得真长，足足睡了一个时辰。他并非有意怠（dài）慢来客，只是想试一试刘备的诚意。中国自古有一个优良的传统，那便是“礼贤下士”，对有学问的读书人一定要尊敬他，绝对不可吆来喝去的。

等了半天，孔明终于出来了，他身长八尺，面如冠玉。因为满腹诗书，气质好，风度佳，有神仙之概。刘备一见便为孔明的风采所吸引，深深下拜道：“现在汉室倾危，小人当道，我不自量力，有心为国效力，请问先生有何计策？”

孔明道：“自从董卓造反以来，天下豪杰并起。曹操力量比不上袁绍，竟能打败袁绍，不但是天时，更是曹操善用计谋。现在曹操已有百万大军，而且挟持着汉献帝，力量无与伦比，你不要在这时与他争风头。孙权据有的江东，地势好，人民又拥戴他，你也不要想夺他的地盘。至于你现在暂住的荆州之地，北据汉沔（miǎn），东连吴会，西通巴蜀，这正是天下英雄使用武力的地方，但是它的主人刘表才能不够，不能安守，这是上天用来资助将军你的地方啊！不知道将军你有意于此吗？”

三顾茅庐，现代年画，私人藏。

这番话说得刘备的眼

睛都亮了，似乎看到一线生机。孔明又继续说：“至于在蜀的刘璋，太过软弱，在汉中的张鲁不知体恤百姓，将军你既是汉室后裔，注重信义，求才若渴，如果你能跨有荆（湖北）、益（四川）二州，安抚四周夷人，和孙权结好，等待时机成熟，那老百姓还有不备好酒菜欢迎将军的吗？果真如此，则霸业可成，汉室可兴。”

诸葛孔明的这一番话，把天下大势分析得头头是道，并且为刘备指出了未来的几个发展步骤：

首先是设法夺取荆州，再夺取益州，以荆州和益州作为基地，进而攻取汉中，安抚四周的外夷，和东吴的孙权联合结盟，共同对抗北方的曹操，等到时机成熟，北伐中原，完成统一大业。

刘备对诸葛亮的分析，不但佩服得五体投地，而且好像黑暗中出现了一盏明灯，使自己的前途有了目标，不再像没头苍蝇般乱闯，所以刘备常说：“我得到孔明，仿佛鱼得到水。”

诸葛孔明对刘备所说的一番话，历史上称之为“隆中对”。此后，刘备事业的发展就是依照“隆中对”的步骤去做。

祢衡击鼓骂曹操

大家都听过孔融让梨的故事，这一回，还要说一个与孔融有关的故事：话说曹操挟持着汉献帝，威震天下，朝廷里文武百官无不惟命是从，只有一个人不肯向曹操屈服，这个人就是孔融。

曹操当时礼聘孔融为官，他的目的是想博得一个“敬重读书人”的美名。不料孔融入朝以后，处处与曹操为难，使得曹操大为不悦。

孔融对待朋友热情而诚恳，他的好友蔡邕（yōng）（蔡伯喈 jiē）被王允杀死以后，孔融日夜思念不已。一次，偶然发现有位卫士长得与蔡邕一般无二，他每次宴会都邀请卫士加入，向人称道“虽无老成人，且有典型在”。

孔融最反对在背后道人长短，他看到朋友有过错，总是当面指正“你这样做很不对……”绝不乱给人戴高帽子。看到朋友做了好事，孔融比自己做了好事还要兴奋。虽然孔融的做法才是真正的“够朋友”，但是一般庸俗的人却不能接受孔融的做法。他们喜欢听恭维的话，讨厌别人的批评。因此孔融的好朋友不多，但都是真正的知己，并且和孔融一样博学多才，嫉恶如仇。

在孔融四十岁的时候，认识了一个二十四岁的青年人祢（mí）衡。祢衡聪明绝顶，文章好，口才佳，孔融很爱他的才华，特别把他推荐给曹操。

祢衡向来看不起曹操，自称有“狂病”，不肯前往。祢衡在外面常常说一些看不起曹操的话，这些话传到曹操的耳朵里，曹操气不过，想杀掉祢衡，又怕天下人非议，不敢动手。

后来，曹操听说祢衡善于击鼓，于是曹操大宴宾客，在筵席上命祢衡为鼓吏，击鼓为大家助兴，好来羞辱祢衡。

原来的鼓吏对祢衡说："按照规矩，击鼓之前要先换上黄色的紧身衣服，表示尊敬。"

祢衡听了，眼皮也不抬。穿着旧衣，拿起鼓槌便唱起了《渔阳三挝 zhuā》，他唱得苍凉悲壮，客人们听了都慷慨流涕。唱着，唱着，他走到了曹操跟前。

左右的人都叫道："鼓吏怎可不换上击鼓应当穿的衣服？"

祢衡大声地叫："好！"一边动手把自己身上的衣服一件一件脱下来，脱得一丝不挂站在众人面前，宾客们吓得纷纷用衣袖遮面。

"庙堂之上，何故无礼？"曹操叱责道。

祢衡冷笑道："欺君罔（wǎng）上才叫无礼，我不过表现我的清白之身罢了！"说着，眼光往曹操上下这么一扫，有说不出的轻视。

曹操气昏了："你清白，那么谁污浊？"

祢衡正气凛然道："你不识贤愚，是眼睛污浊；你不读诗书，

祢衡击鼓骂曹，清末年画。

是嘴巴污浊；你不接纳忠言，是耳朵污浊；你不通古今，是身体污浊；至于你一心一意想篡汉，嘿嘿，是你心地污浊！”

祢衡的话一字一句像枪炮般直射人心，曹操仿佛被毒蛇咬了一口，全身痉挛（jìng luán）。因为曹操妄想篡汉的野心，虽然人人皆知，却还没有任何人敢公然批评曹操的。

曹操很想把无礼的祢衡杀掉，考虑了半天，回过头来对孔融说：“杀掉祢衡这混账小子，对我来说，比杀一只麻雀、一只老鼠还要简单。但此人在社会上还有一些名气，杀他对我不利，我把他送给刘表算了！”

于是，祢衡便到了刘表所在地——荆州。

祢衡出发的那一天，许多文人雅士相约在许昌的城南路旁安排酒菜，为祢衡送行。

但是，这些人深知祢衡的脾气，常常目中无人，不给人面子，很怕祢衡会做出什么令人难堪的事。他们等了又等，发现祢衡还没有来。有人说：“祢衡迟到，等一会儿他来了，我们每个人都坐着，别站起来，杀一杀他的傲气。”

不久，祢衡来了，众人都故意不站起来，祢衡望望大家，坐下来，开始号啕大哭，大家被祢衡的举动吓了一大跳，问祢衡怎么一回事，祢衡说：“坐着的是坟墓，躺着的是尸体，我处在坟墓与尸体之间，怎能不悲伤痛哭呢?”

众人被祢衡一说，心里十分懊恼，可是，对这位名士也真是无可奈何。

曹操本想羞辱祢衡，却反被祢衡羞辱了一番，心中懊恼不已，把这股怨气都发在孔融身上，编了一套罪名把孔融处死，为了斩草除根，孔融全家都被斩首。

孔融有两个小孩，哥哥九岁，妹妹七岁，寄居在友人家里，有一天，兄妹俩正在下棋，也被曹操的手下杀掉了。

重义气的张飞与赵子龙

自从曹操杀了孔融以后，朝廷里没有人敢和他意见相左。曹操便在献帝建安十三年（208 年），大举南征荆州，渴望完成他统一天下的野心。

荆州的地势险要，是三国中兵家必争之地，当时据有荆州的刘表，没有积极的进取心，只知按兵不动。曹操的军队七月出发，八月间刘表因病暴卒，刘表的部下拥立刘表的儿子——刘琮（cóng）为领袖。

九月间，曹操的十万大军浩浩荡荡抵达了荆州边境，荆州的军民慌成一团。刘琮召开紧急军事会议，将领们一致认为，敌我强弱悬殊，只有投降。

刘琮立刻竖起了白旗，便宜了曹操大军，不费一兵一卒，轻松容易地开进了荆州。

直到曹操大军迫近，寄居在荆州的刘备才得到这个坏消息，匆匆忙忙领着自己的部队逃亡。

由于曹操以前在徐州杀了不少百姓，手段残酷，而刘备以仁爱著名，荆州的人民都哭泣着说："我们就是死，也愿意跟着您死。"于是扶老携幼，将男带女，哭哭啼啼随着刘备渡过汉水。

刘备带领着十多万军民，数千辆车辆，逃难的人群中有挑担的，有背负的，队伍行进得非常缓慢。

路过襄阳时，刘备跪在刘表的墓前，哭哭啼啼地哀号："弟无德无才，辜负了您的期望，这全是我刘备的过错，和老百姓无关，但愿您在天英灵，拯救荆州可怜的人民。”在旁的军民也一起嚎啕大哭。

这时，得到军报，曹操大军已到了樊城。将领们苦劝刘备：“您带着几万难民，拖拖拉拉，一天只能走十几里，曹操的军队马上要到了，不如先暂时抛弃百姓为上。”

刘备长长叹了一口气：“老百姓相信我，归附我，我怎么忍心丢弃他们？”百姓们听了，无不感动得哽咽流涕。

曹操到了襄阳，听说刘备已经逃了，急忙亲自率领了精兵五千，一天一夜行了三百余里，赶上了刘备。

当时正是秋末冬初，凉风刺骨，只听得西北喊声惊天动地而来，转眼间，曹操追杀而至，刘备全无招架之力，完全溃败，十多万的军民，几乎都成了俘虏。

张飞立于当阳桥头，独当曹兵，选自《马骀画宝》。

刘备的妻儿被乱军冲散，刘备与诸葛亮等抄小路逃亡，张飞在后压阵，经过长坂溪，曹操的军队追上了，只见张飞倒竖虎须，圆睁环眼，手拿着蛇矛，骑在马上大吼：“我是燕（yān）人张翼德（张飞字翼德），哪个敢与我一决死战？”

张飞的声音特大，听来恐怖万分。又见桥东似隐隐约约有人头攒（cuán）动。曹操生性多疑，迟迟不敢前进。

“来啊，我张翼德在此，哪个敢放马过来？”曹操见

长坂坡赵子龙怀抱阿斗，冲出曹兵重围，清末年画。

张飞胸有成竹的气概，心中有些害怕。张飞发现曹操大军有后退的趋向，故意把矛一挥，睁目怒喝：“战又不战，退又不退，什么意思？”话没说完，曹操大军已吓得肝胆碎裂，望西逃奔。

靠着张飞的勇猛，刘备得以逃脱，直到喊声逐渐消失，刘备才吐口气，清点人马。一看之下，赵子龙不见了。

此时，有个小兵身上插了数箭，踉（liàng）踉跄（qiàng）跄地赶来，口中道：“赵子龙投奔曹操去了！”

“胡说，赵子龙是我的好朋友，他不会的！”刘备叱责道。

小兵又说：“怎么不会，他见我们穷途末路，也许投奔曹操，求取荣华富贵去了！”

刘备还是不相信，他坚定地说：“子龙与我共患难，心如铁石，绝非富贵所能动摇。”

正说话间，只见赵子龙怀抱着刘备的幼子——阿斗，身上的袍衣染透了血渍，一拐一拐地走到刘备面前，刘备的夫人也被赵子龙救出。刘备扶着赵子龙，忍不住流下感激的泪来。

张飞与赵子龙倘若改投曹操，准有享不尽的荣华富贵，自现代人现实的眼光看来，那才是“划算”，才“不吃亏”，但人的行为常受观念的影响，中国古人提倡“义”而贬低“利”。一旦“义”与“利”要从中选择时，宁可取“义”而舍“利”，所以“见义忘利”被公认为美德，“见利忘义”被公认为罪恶，这是我们中国人最了不起的精神。

孔明的激将法

自从刘备被曹操打得落花流水之后，退到了夏口。此时，在江东地方的孙权，听说荆州的刘表去世，特派大将鲁肃前去吊丧，恰好与刘备等相遇。

鲁肃对刘备说："现在曹操的大军马上就要南下，孙权将军拥有江东六郡，兵精粮足，你不妨派人结好孙权，共图大业。"

联合孙权抗拒曹操，正是诸葛亮的计谋，于是诸葛亮跟着鲁肃到了东吴。

两人上岸时，鲁肃扯着诸葛亮的袖子道："待会儿见了孙将军，你可不能老老实实地告诉他曹操兵多将广，免得他害怕。"

诸葛亮抱一抱拳道："谢谢提醒。"

鲁肃把诸葛亮接到馆驿安歇以后，就去找孙权。他到了堂上一看，大家正议论纷纷，原来，曹操的挑战书刚到，书中说："我最近南征，刘琮（cóng）不战而降，现在我准备了八十万大军，想与将军会一会。"

挑战书的口气相当狂妄，孙权看了，非常生气。朝廷大臣都很紧张，其中一个长史张昭说："曹操是豺狼，现在汉献帝在曹操手里，他最近又新得了荆州，我们哪里是曹操的对手呢？不如投降算了。"

"对，对，对。"大伙儿七嘴八舌地都赞成，只有鲁肃紧闭着嘴不说话。

第二天，诸葛亮去见孙权之时，鲁肃又再三叮咛：“大家都怕曹操，你千万不要说曹操厉害。”

到了朝廷，东吴的文武大臣都已端坐在那儿了，他们早猜到诸葛亮是来当说客的，心里头很反感，不约而同以刘备最近吃了一个败仗为题目，用尖刻的话讽刺诸葛亮。

诸葛亮也不生气，不亢不卑地把话顶了回去，口若悬河，对答如流。他一面说话，一面看孙权，见孙权生得堂堂威武，心中暗暗在想：“此人相貌非常，只能用激将法。”

当孙权问起曹操的兵力时，诸葛亮毫不掩饰，一五一十地回答：“海内大乱，将军起兵江东，刘备起兵汉南，与曹操共争天下。如今曹操已平定中原，南破荆州，威震四海，将军若认为可以与曹操抗衡，就与曹操绝交，否则不如早日投降，免得大祸临头。”

“照你这么一说，那刘备为什么不投降曹操?”孙权眉毛一挑，颇为不悦。

诸葛亮立刻正色道：“人各有志，田横不过齐国一壮士，还能

诸葛亮，明朱瞻基绘。

守义不屈。何况刘备是皇室后裔，英才盖世，人所仰慕，人民对他，仿佛大水之归海，他怎么可以和你一样随便投降？”

这番话把孙权气得直跳脚，大声地说：“哼，我孙权哪里会投降，但若要抵抗曹操，非和刘备合作不可，不知刘备还有多少兵力？”

诸葛亮说：“关羽的水师不下万人，曹操的军队远来旅途劳累，加上北方人不习惯打水战，只要精诚团结，我们可以打胜这一仗。”

孙权听了，颇为心动，急着去找周瑜商量。

周瑜是孙权的爱将，年少英俊，风流倜傥，而且对音乐很在行，每次宴会，他只要听到音乐奏错了，一定频频回头，因此当时的人说：“曲有误，周郎顾。”顾就是回头看，以后听歌人们称之为“顾曲”。“顾曲周郎”的成语就是这么来的。

东吴有一对出色的姊妹花——大乔、小乔。大乔嫁给孙权的哥哥，小乔嫁给周瑜，风流才子配上绝色佳人，这段英雄美人的故事是后代文学家最喜欢引用的题材。

周瑜的看法与诸葛亮相同，他很有把握地说：“曹操是来送死的。”

孙权一听，信心大增，拔出佩刀，“咔”的一声，把案几砍成两段：“谁敢再说投降曹操的混账话，有如此案！”

在东吴的一片投降声中，诸葛亮竟能扭转情势，这是他富于机智、善于利用孙权心理的结果。谁说“弱国无外交”？

精彩激烈的赤壁之战

曹操自从向孙权下了挑战书，立即率领了大批舰队，浩浩荡荡顺江而下，与周瑜的水师相遇于赤壁（湖北嘉鱼县境）。

他的军队和周瑜的兵舰一交锋便吃了一个小败仗，原来北方的军士不习惯坐船，一路上潮起潮落，波涛翻滚，颠簸得呕吐不已，站都站不稳，哪儿有力气打仗呢?

为了应付军士们的“晕船病”，曹操想了一个办法，他将大船、小船搭配起来，首尾以铁环相连，上面铺着宽木板，不但可以走人，连马都可以在甲板上昂首阔步，再大的风浪也不怕了。

曹操看到军威大盛，得意得哈哈大笑。这天晚上，月色皎洁，明亮如昼，曹操率领着文武百官在甲板上饮酒作乐，喝得酩酊（mǐng dǐng）大醉，他走到船边，斟满了酒，洒入江中，昂头道：“我破黄巾、灭袁术、收袁绍，也不辜负了堂堂大丈夫的志向！”

忽然，一只乌鹊从岸上惊起，绕着树转了几圈，“啪啪啪”向南飞去，曹操触景生情，叹了一口气道：“我作一首歌，你们和着唱。”

歌词是：“对酒当歌，人生几何？譬如朝露，去日苦多……”形容人生的富贵如朝露般短暂，不如及时行乐。这首《短歌行》气魄雄伟，代表着魏晋浪漫文学。曹操虽是个险恶的大枭（xiāo）雄，他的文才却也是历史上公认的。

周瑜的军队在南岸，远远看到曹操“示威”的军容，内心十分

曹操横槊赋诗，选自《马骀画宝》。

忧虑。周瑜手下的大将黄盖建议道：“如今敌众我寡，难以久战。曹操的军队首尾相连，正好可以用火攻。”

“对，这是条妙计！”周瑜不禁大声叫好。接着周瑜、黄盖又交头接耳，商量了一个诈降的办法。

黄盖派了一个密使，偷渡到北岸，说自己想投降曹操并且献上粮草车仗，表示效忠。

曹操原是个多疑的人，但是此番前来攻打孙权，曹操有十足的把握，又风闻孙权的部将早已吓得屁滚尿流，只是周瑜等少数几个人自不量力，硬要以鸡蛋碰石头，这样看来，军中发生兵变，黄盖转投曹操，当然不是没有可能。

在建安十三年（208 年）的冬天，西北风刮得冷冽刺骨，却正巧有一天东南风大作，波涛汹涌，曹操看着江水，有如万道金蛇，翻波戏浪，黄盖的船正快速地飞驶过来，曹操笑嘻嘻地说：“黄盖正好来降，真是老天爷帮忙。”

正当曹操拍手欢呼，鼓掌叫好之时，突然，黄盖率领的二十艘战斗舰，转眼之间，成了火船。原来，黄盖的船装满了干燥的稻草，遇火即燃，像是一只火船。黄盖一招手，这二十艘火船趁着东南风威，如箭般冲入西北方曹军的舰队之中。

曹军将士们挤满在兵舰甲板上，准备欢迎黄盖来降，忽然看到这个情景，都惊愕（è）地问：“怎么一回事？”

周瑜火攻，曹操仓皇下船避难，选自清刊本《三国演义》。

顷刻之间，船中大乱，黄盖的火船撞上了曹军兵舰，使曹军兵舰也烧起来，烈焰漫天。又因为曹操的船都被铁环紧紧锁住，无处分散逃躲，只见江面上，火逐风飞一片通红，曹军军营中不断传来惨叫声、马嘶声，船上几十万甲兵完全溃败，刘备与周瑜又率着精锐部队追赶而来。

曹操率领着一些残兵败将，绕路从华容道逃命，偏偏道路泥泞不堪，加上大雨倾盆，湿透了衣甲，曹操便命老弱残兵用草填路，然后骑马踏过，可怜的老弱残兵，被马践踏，溺死在泥中的不计其数。

赤壁之战，曹军大败，威势受挫，曹操不敢再南下，奠定了日后曹操、孙权、刘备三分天下的局面。这是历史上有名的一场大战役，也可见得，只要善于利用天时、地利、人和，以少胜多是绝对有可能的。

（各位读者或许会发现，我们平常所熟知的“周瑜打黄盖的苦肉计”、“草船借箭”、“孔明借东风”、“华容道上曹操、关羽相见”，吴姐姐都没有写，因为这些正史上都没有记载。当然野史上记载的、《三国演义》所描绘的不是完全没有可能，不过这些都太玄奇了，为使各位读者有一个正确的历史观念，不得不略去。）

周瑜绝对不小气

读过一点儿三国故事的人大概都知道周瑜气量很小，他容不下孔明，最后竟然活活被气死。临死之前还仰天长叹："既生瑜，何生亮？"连叫数声而亡。埋怨老天爷既然生下了聪明绝顶的周瑜，就不该再来个比周瑜还要聪明的诸葛亮。

其实呢，周瑜不但不小气，而且气度宽宏，甚且可以与蔺相如媲（pì）美哩！那些酸溜溜的话都是小说家编造的。

周瑜字公瑾，英俊潇洒，风流倜傥，文武全才，口才锋利，又娶了江南第一美人小乔；英雄美人相得益彰，东吴的人都以周瑜为荣，称他为"周郎"。后世的大文学家苏东坡赞美周瑜为"千古风流人物"。

赤壁之战后，周瑜的名声如日中天。曹操虽然惨败，败得非常服气，对周瑜的才气钦佩不已，特派最能说善道的蒋干来劝降周瑜。

周瑜听说蒋干来了，连忙出营帐欢迎："辛苦，辛苦，你远涉江湖而来，是来为曹操当说客的吧，哈哈！"

接着周瑜笑嘻嘻地挽着蒋干到处走一走，巡仓库，看珍玩，摆上最丰盛的酒菜款待。然后，在席上，周瑜认真地说："大丈夫立身处世，遇到知己之主，结下君臣之义，骨肉之恩，就该有福同享，有难同当，就是苏秦、张仪复生，也不能动摇我的意志。"

蒋干知道周瑜的意志坚强，说了也是白说，就识趣地闭上嘴，两人饮酒作乐，直到夜深人静，蒋干回去，禀报曹操道："周郎的雅量，哪里是言辞所能打动的？"

当时，孙权、刘备联手打败曹操后不久，孙权就派刘备为荆州牧，使刘备、周瑜分头管理荆州。

孙权为了表示友好，特别把亲妹妹嫁给刘备，结为姻亲。

周瑜，选自清皇家珍藏手抄善本绘图描金银《三国志演义》。

刘备很高兴，欢天喜地和孙夫人拜过天地。到了晚上，刘备满腔兴奋走入洞房，竟发现昏黄的灯光下排满了刀枪。仔细一看，乖乖，两旁侍婢个个佩剑悬刀，新郎官这一吓非同小可，就差没有当场昏倒过去。

原来孙夫人自幼习武，性情刚烈，颇有乃兄之风，她手下的"娘子军"也都身手不弱，使得刘备每入内室，看到那刀枪森列的气象，都心惊肉跳。这种"政治婚姻"真是痛苦。

由于刘备虽名为荆州牧，但不能全部领有荆州之地，使刘备很受压迫，想以"妹夫"的身份去向孙权多要一些土地。诸葛亮告诉刘备，去京口找孙权不但无用，而且危险，但是刘备不听，硬是要去闯闯看。

刘备去找孙权理论了许久，谈不出结果。此时，孙权接到周瑜的一封密报，信上说："刘备是个危险人物，他手下又有关羽、张飞等大将，都不是肯长久屈就的人。你该把刘备留在吴国，为他筑宫

刘备东吴招亲，清代上海年画。

室，找美女，瓦解他的壮志。否则，此三人得到土地，等于蛟龙得到云雨，会惹来无穷的麻烦。”

孙权当时认为，在合力抗曹操时，内部不能再火并，还是放刘备回去了，刘备日后知道这个密报，吓出了一身冷汗。

周瑜又建议，在曹操力量还未恢复时，发兵西上。孙权也很赞成，没有想到周瑜在西行之时，忽然一病不起，在建安十五年（210 年）去世（距赤壁之战不过两年），死时才三十六岁。倘若周瑜不是早死，三国的局势又是不同。

《三国演义》为了加强戏剧上的效果，把周瑜描写得小气不堪，其实绝无此事。只是他们二人各为其主罢了。

例如东吴有个老臣程普，自以为年高德劭，看到周瑜年纪轻轻的相当有作为，心中有些酸味儿，每遇周瑜总不忘讽刺几句，挖苦一番。周瑜也不跟程普计较，始终对程普非常恭敬。久而久之，程普被感动了，他说：“与周公瑾交朋友，如同饮美酒，不知不觉便醉了。”

周瑜少年得志还能有如此谦让的风度令人倾倒，因此他死后，东吴的人都伤心痛哭。尤其是孙权流着泪说：“你短命而死，我以后依赖谁呢？”在正史上，周瑜与诸葛亮并没有什么过节，周瑜更绝不是一位小气鬼。

诸葛亮的小故事

在中国历史上，诸葛亮是光芒万丈的伟人，他集优秀的政治家、军略家、外交家于一身，学问、道德、文章都首屈一指，他的一生正足以代表中国人不屈不挠的奋斗精神。

我国民间自古都很崇拜诸葛亮，甚且为他盖了庙，然而一般人看多了戏剧，一想起诸葛亮，总以为他是不分寒暑穿着八卦袍，手中摇着鹅毛扇的“半神仙”。他能呼风唤雨借东风，会制造自动的木牛流马，口袋中一掏就是锦囊妙计，可以活活气死周瑜，也能骂死王朗，这都是受了《三国演义》的影响。

真正的诸葛亮虽然足智多谋，可没有如此玄妙，而且如果以为诸葛亮代表神机妙算，实在大大抹杀了他的可贵。诸葛亮有学问、有办法、有理想，是一个标准的中国知识分子，这才是诸葛亮了不起的地方啊！

刘备三访诸葛亮请他出山时，诸葛亮只有二十六七岁。刘备对诸葛亮非常器重，天天向他虚心求教，食则同桌，寝则同榻。关羽、张飞愈看眼睛愈冒火。

关羽、张飞都是沙场猛将。论年龄比诸葛亮大上一截，论学问，关羽曾读《左传》，张飞写得一手好字，难怪他们不服气一个年轻小伙子后来居上，然而没有多久，关羽、张飞就对诸葛亮佩服得不得了。

诸葛亮不但有学问，而且能活学活用，分析问题头头是道，布置作战攻势，别有一套，最重要的是诸葛亮有原则、有道德。

刘表的长子刘琦（qí）也很器重诸葛亮，刘表受了后妻的影响，比较偏爱小儿子刘琮（cóng）。刘琦三番两次地来找诸葛亮，请他帮忙代定计策，诸葛亮总是搪（táng）塞过去。

一天晚上，刘琦请诸葛亮来到了后花园，共同登上了小阁楼，然后命令仆役把楼梯搬走。

刘琦拍拍手道："好了，现在上不着天、下不接地，你的话直接进入我的耳中，你可以放心地说了吧。"

诸葛亮不愿干预旁人的家务事，只淡淡地说："以前申生留在国内被骊（lí）姬害死，公子重耳出奔外国反而安全。"申生、重耳都是被后母迫害的例子。刘琦一听，顿然领悟，早早离开襄阳去当江夏太守，保住了一条命。

诸葛亮生得一表人才，风采翩翩，他娶的妻子黄氏，传说中却是个黄头发、黑脸孔的丑妇人。黄氏知书达礼，学问很好，因此不管旁人怎么批评，他们夫妻始终很恩爱，这也是诸葛亮过人之处。

他的哥哥诸葛瑾在孙权的手下做事，孙权想透过诸葛瑾拉拢诸葛亮，诸葛亮与诸葛瑾却天各一方，在公事上远远保持距离，私下却有浓厚的骨肉感情，这也是一般人难以做到的，从这些小事，我们可以看出诸葛亮为人正直忠厚。

蜀国在三国之中是最弱小的，完全靠了诸葛亮的苦心经营，才能够联络孙权，打赢赤壁之战，据有巴蜀地方，使刘备能在建安二十三年（218 年）登位汉中王。

以后，关羽作战败死，刘备痛失爱将，立志为关羽报仇，大举攻吴，诸葛亮怎么也劝不住刘备。刘备果然败了，败得非常惨。

回师之后，刘备一病不起，临死前，他把诸葛亮叫到床前，拍着他的肩膀，哀伤地说："我何等有幸能得到你来辅佐，建立了帝业，可惜不听你的话！"

“希望陛下保重身体，为百姓谋福。”诸葛亮的喉头也仿佛被堵住，哽咽得说不出话。

刘备一手擦眼泪，一手拉着诸葛亮的手：“你的才能超出曹丕十倍以上，一定能安定国家，建立伟业，我的笨儿子阿斗如果还能辅佐，就麻烦你教导；倘若实在不成材，你不如自己当成都王。”

诸葛亮一听跳了起来，手足失措，遍体流汗，在床前叩头说：“臣将尽力辅佐幼主直到我断气那一刻。”直把头磕得迸出鲜血。

刘备白帝托孤，选自清刊本《三国演义》。

刘备留了一个遗诏给后主阿斗：“你要好好听丞相的话，把他当你的父亲。”不久，刘备去世，享年六十三岁。

孟获服气了

自从刘备去世后，诸葛亮忍住悲痛，更加努力建设蜀国，想以此来报答刘备对他的知遇之恩。

朝廷中的大小事件诸葛亮都亲自处理，经常到了三更半夜，他还在挑灯批阅那堆积如山的公文。

主簿杨颙（yóng）看诸葛亮太辛苦了，频频劝他道：“治理国家要层层负责，不要把每件事都扛在自己的肩膀上，例如以前西汉的宰相丙吉走在街上，看到路旁有民众互殴打死了人，他不加理睬；看到一头牛吐着舌头喘气，却立刻很着急地问：‘这条牛走了多少里路，怎么喘得这般厉害？’旁人很诧异丙吉关心耕牛不关心百姓，丙吉解释道：‘人民打架自有长安县令处理，现在天气还不太热，牛喘成这个样子，我惟恐气候失调有碍农作物生长。’人们这才赞扬丙吉懂得事情的轻重。今天您天天校阅簿书，汗流终日，岂不太辛苦了？”

诸葛亮当然也晓得丙吉的故事，只是蜀国人才缺乏，国事艰难，不得不辛劳些。当然他还是很感谢杨颙，后来杨颙去世，诸葛亮整整哭了三天。

诸葛亮虽然善良仁厚，执法却相当严厉，信赏必罚。有人不以为然，提出汉高祖刘邦的例子，汉高祖入兵关中，与人民约法三章，使人民大为拥戴。诸葛亮摇摇头：“那是因为人民受秦朝苛政太久了，今天，我们的国家必须厉行法治才有希望，才能壮大。”

果然，本来是人心消沉、懒惰的蜀地（今四川）在诸葛亮大刀阔斧的整顿下完全变了，变为物产富饶、人民彬彬有礼的天府之国。诸葛亮最反对赦免罪犯，收买人心，他说："对人民要有大恩德，不必施用小恩惠，我的心像秤一般公平，不能为任何人倒向一边。"

蜀国的四邻云南、西康、贵州一带住了许多蛮人，时常作乱，其中有个叫孟获的首领最为强悍，他到处造谣："官府要你们缴纳贡品，要缴三百条黑狗，这些黑狗必须胸部以上全黑，要三千根断木，每根不能少于三丈。"事实上，当地产的断木根本就没有三丈高的。于是，蛮人对这些贡品很反感，纷纷造反。

诸葛亮倒不惊慌，略施小计，就把孟获擒来，问道："我今天捉了你，你服不服气？"

"山野荒僻，道路狭窄，误被官兵捉到，这如何服？"孟获忿忿不平地埋怨个不休。

诸葛亮微笑地看着孟获："既然不服，我放你回去好不好？"

诸葛亮七擒孟获，清代年画。

孟获没有料到诸葛亮会放他走，大喜过望，立刻回答说："你放我回去，我去准备兵马，咱们再战一场，共决雌雄！"

"好！"诸葛亮爽快地答应，命令人把孟获松绑，请孟获舒舒服服吃一顿大餐，再差人把他好好地送了回去。

孟获回到番地，在部下面前编了一套谎话，说自己如何英勇逃出重围，部下都拍手欢呼："大王真了得。"然而没多久，孟获又被诸葛亮给逮着了。

这一回，诸葛亮请孟获参观营阵，孟获不屑地说："以前我不知虚实才运气不佳，今天看了营阵，原来不过如此而已，我若有机会，不把你们打得惨败才怪哩。"

诸葛亮没说什么，笑嘻嘻地依旧把孟获放了。如此这般，捉了又放，放了再捉，一直到第七次，诸葛亮正准备再放孟获走，这一回孟获不走了，他匍匐地跪在地上，噙着眼泪道："丞相天威，我不走了。"

"服不服？"诸葛亮仍是那般和蔼。

"我子子孙孙世世代代都感念您的恩德，怎会不服？"

诸葛亮又教导孟获，使他成为有用的人才，并且把以前所夺的土地，全部还给当地蛮人，也不派兵镇压，使当地人感念不已。

诸葛亮不滥用宽容

诸葛亮率军平服南蛮孟获以后，积极整军经武。虽然蜀国在魏、蜀、吴三国中最弱，他仍不顾一切地奋斗，想要统一天下，报答刘备对他的知遇之恩。

建兴五年（227 年），魏文帝曹丕去世，明帝曹叡（ruì）即位，国势不稳，诸葛亮认为良机不可失，毅然决定北伐。

诸葛亮向蜀主刘禅上《出师表》，选自清刊本《三国演义》。

出师之前，诸葛亮上书蜀后主刘禅（阿斗），苦口婆心劝后主要自信，要振作，要亲近贤臣，远离小人。他并且一再表示，绝对尽心尽力为国家效命。诸葛亮的这一篇奏章被后人称为《出师表》。

这篇《出师表》，没有用什么形容词，然而字字血泪，使人看了不知不觉泪珠滚滚而下，确是千古流传的好文章。因此古人说“读《出师表》不哭的人，就是不忠”。

此次北伐，蜀、魏双方都排出了最佳阵容，诸葛亮派遣的是他的好友——蜀中大将马谡（sù）。

马谡有才干，有气度，喜欢谈论军事，和诸葛亮的交情很好，两人经常一谈就是一个晚上。诸葛亮攻打孟获前，马谡建议：“用兵之道，攻心为上，攻城为下；心战为上，兵战为下。”后来，诸葛亮果然用七擒七纵之法把孟获整得心服口服，死心塌地，马谡功不可没。

诸葛亮挥泪斩马谡，选自清刊本《三国演义》。

此次北伐魏国，诸葛亮本来已有万全的部署。谁知道马谡自以为才高一等，不听诸葛亮的调度，把军队驻扎在山上。

大将王平劝马谡：“不行啊，我们不可以舍水上山，这样会惹出麻烦的。”

马谡固执得很，根本不理，结果被魏军围困在山上，切断了水道，士兵们没有水喝，只有投降。而所有已经归降的郡县，又纷纷叛变。

诸葛亮非常生气，把马谡逮捕下狱。这时，诸葛亮想起刘备生前常说：“马谡这个人言过其实，不可以重用。”是有道理的。

许多将领为马谡说情，马谡却自知非死不可，他在监狱里写了一封信给诸葛亮："明公（指诸葛亮）待我像儿子，我看明公有如父亲，但愿我们的交情仍在，我就是死了，在黄泉路上都感激您。"

马谡出殡时，十万多民众痛哭流涕，诸葛亮亲临主祭，哭得比谁都伤心、都难过。他还为马谡照料遗孤，办理后事，凡是做得到的，无不尽心去做。

此时，大将蒋琬见了诸葛亮哭得两眼通红，很不以为然说："天下还没有安定，倒先把功臣杀掉了，这算什么？为什么不宽容些？"

"唉，"诸葛亮悄悄揩去眼泪道，"正因为天下未定，四海分裂，如果随便宽容，不理会法令，拿什么维系人心？"

诸葛亮不但处罚了马谡，而且坚持要处罚自己，上书请求贬职三等。

在旁人看来，诸葛亮连性命都不顾，日日夜夜为国家操劳，马谡不听命令，这是马谡的错，与诸葛亮有什么关系？

但是，诸葛亮认为，马谡是他的下属，他有责任。后主刘禅拗不过诸葛亮，把他降为右将军。将士们都为诸葛亮的守法精神所感动，个个奋勉，不久，蜀国又士气大振。

由于诸葛亮赏罚公平，所以许多被他治罪的人，非但不怨恨，反而很感激。

一个国家一定要上上下下有法治精神，才能保持社会的安定。法律并不是口袋里的皮球，高兴用的时候玩两下，不高兴的时候可以把它收回袋子里摆着。

鞠躬尽瘁死而后已

从魏明帝太和二年（228 年）到太和五年（231 年）之间，诸葛亮曾经四次北伐，在人力、物力缺乏，粮运不继的情况下，又刚好碰到厉害的劲敌：魏国大将司马懿（yì）。

当诸葛亮屯驻在阳平时，他派了大将魏延率兵南下押运粮草，这个消息不知怎么走漏了，司马懿趁着蜀军空虚，引了十五万大军蜂拥而来，准备一举消灭诸葛亮。

“糟了，魏军来了，司马懿率大军来了！”

一天之中，收到了十几次飞马传来的消息，大家都吓得惊惶失措。此时诸葛亮身旁没有一员大将，只有一些文武官员，加上两千五百名士兵，眼看着就要完蛋。

诸葛亮登上城门。远远望见沙石滚滚、尘土冲天，魏兵分左右两路冲杀而来。他立刻传令把所有旌（jīng）旗藏好，谁敢妄出城门、高声言语的，立刻斩首示众。

然后把城门大开，命令二十个兵士打扮成百姓模样，拿着扫把扫马路。

司马懿率领着大军到了城门下，见此光景吓了一跳，收住缰绳，不敢贸然闯入。他骑着马看这二十多名士兵，个个低头洒扫，好像没看见司马懿似的，一言不发，透着让人害怕的神秘。

“嗯，其中有诈，想诸葛亮平生谨慎，不会冒这个险，我别上他的当。”司马懿愈想愈感到背脊发凉，一声令下，左右两路兵都

空城计，清人绘，故宫博物院藏。

快马加鞭地撤退。

等到退远了，再一打听，诸葛亮确实只有两千五百名士兵守在城中，根本没有什么埋伏，司马懿懊恼万分。诸葛亮靠着过人的机警免去了一大灾难。

诸葛亮在太和五年（231 年）撤兵后，中间经过了三年的休养，到青龙二年（234 年）再次大军北伐。这一次，他先用一种自己发明的木牛流马搬运粮食（木牛流马，是木头制的简单运输工具，有四只脚，头插在颈子里面，还有一个舌头的机关），以免再因粮运不继被迫撤退。

诸葛亮进驻五丈原之后，不断地向司马懿挑战，司马懿则引兵渡过渭水，无论诸葛亮如何挑衅（xìn），总是闭门不出坚决不理，诸葛亮心里也急，因为蜀军远道而来，利于速战速决，拖延战术，会使蜀国兵粮不继。

于是，诸葛亮派人拿了女人穿的大红大绿的衣裙和书信去羞辱司马懿，意思是说："你这个人胆小怕事，算不上英雄好汉，只配穿女人的衣裤。"

魏国的将领知道诸葛亮大大羞辱了司马懿，怒气冲天，都纷纷要求出战雪耻，司马懿被闹得没有办法，只好上表请示魏明帝，魏明帝派了老臣拿着天子的节杖到了战地，坐在营门外面把守着，谁要不服命令就砍谁的脑袋。

诸葛亮听说这件事，笑着摇摇头：“哎，这分明是司马懿不肯出战，故意上表以维系军心，俗话说得好，将在外，君命有所不受，哪里有上表请示的道理？”

司马懿，选自清皇家珍藏手抄善本绘图描金银《三国志演义》。

由于几次北伐都败在粮运上面，诸葛亮此次特别拨了一部分士兵下乡耕田，蜀军在诸葛亮的教导下，纪律异常严整，军民相处有如一家人，诸葛亮十分欣慰。另一方面，司马懿怎么也不肯应战，干耗在那儿拖着，心中不免焦虑。

有次，司马懿派人打听诸葛亮的近况，那人回报道：“诸葛亮起得早，睡得晚，事必躬亲，凡打二十大板以上的责罚，都要亲自处决，而所食不过数升。”

司马懿道：“食少事烦，其能久乎？”这句话是讲，诸葛亮吃得少，事情又烦，恐怕活不久了。果然，不久，诸葛亮旧病复发，卧倒在床，一代伟人与世长辞，享年不过五十四岁。

蜀国军队听从诸葛亮临死前最后一道命令，密不发丧。

司马懿听说诸葛亮已死，大喜过望，发动大军前来攻击，没想

诸葛亮，选自清皇家珍藏手抄善本绘图描金银《三国志演义》。

到蜀军反而摇旗呐喊，高声迎战，司马懿又赶紧退兵，一边儿道：“嗯，诸葛亮老谋深算，想用假死骗我出兵，我偏不出兵，不上他的当！”

等到蜀军从容撤回秦岭，全军才戴孝为诸葛亮办丧事，老百姓编了一首歌谣“死诸葛走生仲达”，仲达是司马懿的字，司马懿不好意思地干笑着说：“我只能料他生，怎能够料他死?”蜀兵退走后，司马懿察看诸葛亮生前的营垒布置，翘起大拇指说：“真是天下奇才啊!”

“鞠躬尽瘁，死而后已。”这是诸葛亮《出师表》中的名言，也是他一生的写照，直到他咽下最后一口气前，仍在为国奋斗，他代表的正是中国人不屈不挠的奋斗精神。

关云长义薄云天

关公，名羽，字云长，是河东解县人，力气大，武功强。因为地方上土豪劣绅仗势欺人，关羽路见不平，拔刀相助，不小心把人给捅死了，只有逃难江湖。刚好刘备为了对抗“黄巾”，招兵买马，关羽前来应募，成为刘备手下的一员大将。

汉献帝建安五年（200 年），曹操东征，刘备投奔袁绍，关羽在一场战役之中被曹操逮着了。

此时的曹操声势如日中天，连汉献帝都在他的掌握之中，他很欣赏关羽的本事及不畏艰险的勇气，就在上朝的时候把关羽推荐给汉献帝。

献帝既然是曹操的傀儡，曹操说关羽好，他也就下诏任命关羽为“偏将军”。

接着曹操摆下了豪华酒席，请来谋臣武士当陪客，把关羽捧上了天，还送来大批的绫罗绸缎、金银器皿。

从此以后，曹操三天一次小宴，五天一次大宴，又挑选了十名美女送上门去，对关羽伺候得无微不至，惟恐有一点小地方疏忽得罪了他。

但是，不论曹操如何笑脸待客，关羽总是闷闷不乐；曹操差人送来好东西，关羽恭敬地说声“谢谢”，却没有兴趣打开来看。

曹操沉不住气了，派了张辽去探测关羽的心意：“曹公待你不够好吗？你留在这儿为曹公效劳，日后有享不尽的荣华富贵，刘备算什么？又何必念念不忘？”

“哎，我知道曹公对我的厚爱，但我受刘备将军的大恩，生死与共，绝对不背叛他，我在这儿不会长久的，等到我有机会报答曹公的恩惠之后，立刻离开。”关羽说得斩钉截铁。

不久，袁绍派了大将颜良来攻曹操，关羽奋然跳上马鞍，直冲颜良阵地，颜良措手不及，被关羽手起一刀，斩于马下，关羽利落地割了颜良的脑袋，拴在马颈之上。然后飞也似的冲进了河北军中，如入无人之境，赢得漂亮干脆。

关羽擒将图，明商喜绘。图中关公当中而坐，左下角执青龙偃月刀者为周仓，右上角是关羽义子关平。

曹操心里有数，关羽是留不住了。因此特别重加赏赐，企图多挽留一段日子。关羽依旧不改初衷，潇潇洒洒地跳上了马扬长而去，留下了让人眼睛冒火儿的金银财宝。

“糟了，关

羽逃了，快追啊！”

曹操的手下急得前来报告：“不追回来对我们不利。”个个气急败坏地喊着。

“不必追了。”曹操挥挥手，心中暗暗钦佩关羽的义气。

以后，关羽回到刘备军中，立下了不少汗马功劳。他因为曾经被流矢击中，后来虽然创伤愈合，每到了阴雨季节，骨头时常隐隐酸痛。

名医华佗说：“这是矢镞（zú）有毒，直透入骨，如不早点医治，此条手臂就没有用了！”

关羽面不改色伸出手臂，华佗取了尖刀割开皮肉，用刀刮骨，刮得窸窣有声，旁边的人都吓得不敢看，关羽仍旧饮酒吃肉，谈笑下棋，脸上没有一点痛苦的表情。不久血流了满满一盆，华佗敷上药，缝好线，关公站起来大笑，继续饮酒作乐。

这段记载虽嫌夸大，却也表现了关羽的勇敢，但关羽为人过于高傲，不善权谋，当他守荆州时，鲁肃三番两次想为吴国和蜀国拉线互结盟好，关羽总是不理不睬。

不久，孙权派人向关羽提亲，想娶关羽的女儿当媳妇，关羽不答应也就算了，他竟然怒眼圆睁，推开桌子大骂道：“我的女儿是虎女，怎么可以配犬子？”把使者轰出门外，孙权碰了一鼻子的灰，气得要命，从此吴蜀关系破裂，也坏了诸葛亮想联吴制魏（曹操）的大计。

以后，关羽被吴国的大将吕蒙打败遇害。综观关羽的一生，并没有建立什么赫赫伟业，为什么中国人如此崇拜关公，处处建有关帝庙呢？因为关公固守原则，忠心耿耿，不为利诱，“富贵不能淫”，代表中国人的重义气。

华歆从小受不住诱惑

自从赤壁之战曹操大败，这一战打破了曹操的统一计划，决定了魏（曹操）、蜀（刘备）、吴（孙权）鼎足三分的形势，中国陷入长期的分裂。

现在我们再掉转头看看被曹操挟持的汉献帝。可怜的汉献帝虽然名为天子，其实过得比囚犯还不如，宫廷内外全是曹操的鹰犬。有一回，汉献帝不过和议郎赵彦多说了几句话，没多久，赵彦就不明不白丢了性命。

汉献帝知道刘备是个忠义之士，偷偷地写了一封秘密的诏书，夹藏在衣带之中，托人带出宫廷交给老臣董承，叫董承转交给刘备，请他除掉曹操。

刘备没有力量击败曹操，这件事却不幸被曹操知道了，气得杀掉了董承，董承的女儿嫁给了献帝当贵人，董贵人当时怀了孕，大腹便便，虽经献帝苦苦哀求，依旧免不了一死。

献帝的皇后伏皇后看了胆战心惊，却也没有办法。伏皇后曾经把曹操杀人的残暴经过，详详细细写了一封信给她的父亲伏完，请伏完“找个机会去掉曹操以解救女儿及女婿的苦难”。

伏完是个小心谨慎的人，一直到他死，丝毫不动声色。却不知怎么搞的，在伏完去世之后五年（献帝建安十九年，214 年），事情却泄漏了出来。

曹操大发雷霆，带着副使华歆（xīn）就往宫里闯。

伏皇后吓得匆匆躲入墙壁的夹室中，华歆找不着人，大喝：“把墙壁给我拆了！”

兵士们把墙推倒以后，华歆大步地走进去，扯着伏皇后的头发拖出来。

伏皇后连鞋也没穿，哭哭啼啼地被揪出来，肿着比桃子还红的眼睛问献帝：“不能救我一命吗？”

献帝和伏皇后是患难夫妻，感情特别深厚，身为皇帝，却保不了妻子，他哽咽地说：“我自己的命也不知在哪里。”又回头对着身旁的人道，“想不到天下竟有这种事。”

可怜的伏皇后就这样一命归天，然后，曹操硬把他的二女儿——曹节嫁给献帝当皇后，以便牢牢控制。

这个捕杀皇后的华歆，是个有名气的读书人，被曹操延揽之后，因为臭味相投，很快就成为曹操的心腹。

华歆素有文名，他小时候与邴原、管宁是好朋友，都以才气纵横出名，当时人称他们三人为一条龙：华歆为

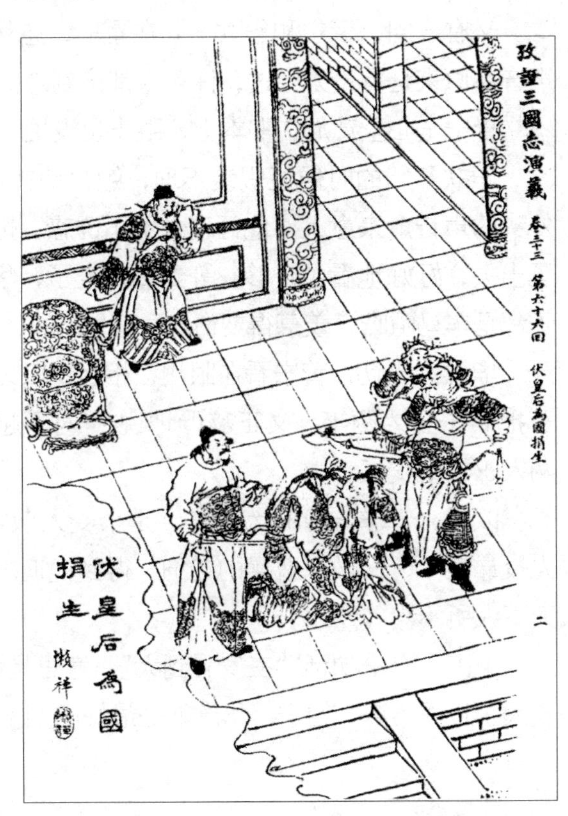

伏皇后被华歆从夹室中揪出，与汉献帝死别，选自清刊本《三国演义》。

龙头，邴原为龙腹，管宁为龙尾。

相传有一天，管宁与华歆两个人在园子里种菜。忽然之间，土里冒出黄澄澄的亮光，再锄下去，竟然是一大块黄金。

管宁照旧挥舞着锄头，似乎根本没有看见这地底掘出来的财富。

华歆忍不住把黄金拾起来，拍去上面的尘土，看了又看，摸了又摸，一副爱不释手的模样。但又碍着管宁在旁边看着，不好意思让人家见到“见钱眼开”的丑态，只好怏（yàng）怏地又把黄金放下。

又有一回，管宁和华歆一同在看书，忽然窗外传来敲锣打鼓的声音，原来是有贵人经过，许多人都挤到外头去看热闹。

管宁全心全意放在书本上，眼皮也没抬。

华歆开始的时候还假装不理，勉强地在用功，又过了一会儿，外头的声音愈来愈大，他再也受不了诱惑，把书一扔，飞也似的跑了出去，好好地看了个够，等到贵人走了，华歆回来看书，还满脑子都是车马喧哗，羡慕得要命。

华歆这一切，管宁看在眼里，相当不以为然，最后管宁拿出刀子把席子分为两半，义正辞严地说：“对不起，你不是我的朋友。”两人正式绝交了。

以后，管宁一直有为有守，是个受人敬重的读书人。华歆呢，先投靠袁术，又做了曹操的走狗，得到他追求的荣华富贵，却也为天下人所不齿。

中国人有一句话“三岁看到大”，意思是说小时候是什么样子，长大了也差不多。管宁、华歆就是最好的例子。

刮目相看吴下阿蒙

中国许多成语的背后都有一段历史故事，如果我们知道这个典故与出处，不但对成语本身有更进一步的认识，而且运用起来会更得心应手。以下要讲的就是三国时流传下来的一个相当有名的成语。

吕蒙字子明，汝南人，自小依靠姐夫邓当，邓当是孙权的哥哥孙策手下的一名大将，经常讨伐山越贼寇。

在吕蒙十五岁的时候，有一回，他趁着别人没有注意，偷偷混进军队中去打盗贼，邓当发现了吕蒙，着急得大叫："哎呀，你怎么跟来了，赶快回家去，这儿危险。"

吕蒙不答应，邓当拿他没办法，只好依他。回去后，邓当立刻向吕蒙的母亲告了一状。母亲本来要责罚他，但吕蒙理直气壮地说："不入虎穴，焉得虎子。"母亲也就算了。

倒是邓当身旁的一个职员讽刺道："小孩子能做什么？去了还不是喂老虎。"过几天，吕蒙碰到这位职员，职员又以同样的话讽刺吕蒙，吕蒙气得拔出刀就杀掉了职员，然后向孙策自首。

孙策却很欣赏这个鲁莽的小子，留吕蒙在身边。吕蒙凭着一身好武功，立下了许多辉煌的战绩，最后做到了偏将军，领浔（xún）阳令。

这时孙策已死，吴国由孙权领导。孙权有一天对吕蒙说："你现在身当重任，不可以没有学问。"

吕蒙尴尬地搓着手："嘿嘿，在军队里兵务繁忙，哪儿有时

吕蒙，选自清皇家珍藏手抄善本绘图描金银《三国志演义》。

间看书呢？”说着低下头。

孙权正色地说：“我不是要你研究经史当饱学之士，但你总要多读点书才会有进步。孔子曾经说过，一个人整天不吃饭，不睡觉，光在那儿空想，是想不出什么道理来的，不如多看点书增进智慧；汉光武帝在兵荒马乱时，不也仍旧手不释卷吗？”

吕蒙听了孙权的一番话，面红耳赤。从此以后，抓住一点儿时间就埋头读书，果然大有心得。

周瑜死后，鲁肃代替了周瑜的位置；本来他和吴国大多数的人一样瞧不起吕蒙，认为吕蒙除了会打仗以外，是个胸无点墨的大草包。然而一日鲁肃经过浔阳和吕蒙谈起国事，发现吕蒙说得头头是道，见解不凡。

鲁肃拍着吕蒙的肩道：“老弟啊！我本来以为你只会武功，没想到现在学识渊博，不是以前的吴下阿蒙了。”

吕蒙高兴得哈哈大笑：“士别三日，刮目相看，你怎么现在才看出来？”这句话相沿至今，形容不可以用旧时的眼光观察别人。

多读了一些书后，吕蒙考虑问题日渐审慎周密，不再只凭意气用事了。他探勘长江下游的地理位置，发现要抗拒曹操，应该在两岸建坞（wù），用来掩护陆上的兵马，水中的舟舰。许多将士都反对：“咱们上岸去击贼，洗洗脚又回到船上，干什么建坞？”

“不然，不然。”吕蒙解释道，“兵家胜败无常，如此，进可攻，退可守。”孙权采纳了吕蒙的建议，果然筑成了一道坚固的国防线，使曹操军队无法南攻。

以后，吕蒙屡建奇功，成为吴国旗下一名智勇双全的大将军。

在建安二十四年（219 年），孙权以吕蒙为大都督攻打江陵，吕蒙派精兵打扮成商人模样，三三五五化整为零，乘坐小舟浮江而上，一举攻克了江陵，且下令不准骚扰民宅，生病的百姓免费医药治疗，饥寒的百姓供以衣物，因此江陵的父老都很感激吕蒙的仁德。

有一个士兵拿了民家一顶斗笠，按照规定，应该杀头。

许多人前来为这个士兵求情，希望看在偷斗笠的士兵是小同乡的份上特别“宽容”，吕蒙流着眼泪道：“小同乡也不能有特权，我不能顾念乡情，破坏军法。”依旧将士兵斩首示众，从此吕蒙的军队成为最有纪律的一支队伍。

吕蒙当年不学无术，没法子呈报奏章，只能用嘴巴讲，经常被蔡遗笑话，后来豫章太守出缺，吕蒙竟然推荐蔡遗，孙权笑道：“不简单，不简单，你莫非想效法古人祁（qí）奚不念旧仇？”可见吕蒙的涵养有多深了。比起当初糊里糊涂杀掉职员，实有天壤之别。

有人常埋怨大家看不起他，愤恨不平。其实一个人只要多读书，求进步，像吕蒙一样，假以时日，别人一定会翘起大拇指道：“士别三日，刮目相看，老兄已非昔日吴下阿蒙！”

曹丕、曹植兄弟争宠

在中国古代，皇帝的权力是无限的。因此，为了争夺人人羡慕的王位，历朝历代发生了不少悲剧。

曹丕、曹植是曹操的儿子。曹操的长子曹昂很早就死于战乱，按理应该由次子曹丕继承王位。然而，曹操较为偏爱四子曹植，所以迟迟没有立太子。

曹植在十岁的时候已诵读了数十万言的诗、论及辞赋。有一天，曹操看到了曹植手里拿着一篇文章，曹操接过来一看，不断点头，他问："这是你请谁写的？"曹植跪答道："孩儿笔下成章，哪儿用得着请人代劳？"曹操半信半疑。

刚好此时铜雀台落成（铜雀台是曹操为了炫耀权势新盖的宫殿，富丽宏伟，直入云霄，有一百多个房间，在楼顶，铸着一只振翅欲飞的大铜雀，称为铜雀台），曹操带领着曹植在铜雀台游玩观赏，然后他就要大家以此为题写篇赋。曹植一挥立成，曹操看了连连称好。

曹植是个文学天才，反应灵敏，口齿伶俐，曹操每次与曹植谈论起来，曹植总是对答如流，所以曹操特别疼曹植，有意立曹植为太子。

消息传出以后，曹丕非常不安，他着急地去请教中大夫贾诩："怎么办？怎么办？"贾诩告诉曹丕："目前也没有什么办法，你只有安安分分，做一个为人子所该做的就是了。"

魏文帝曹丕，唐阎立本绘。

有一次，曹操出征，曹丕、曹植都来送行。曹植称颂曹操的功德，句句动听，曹操乐得心花怒放，旁边的人都拍手叫好。曹丕虽然文学修养也很深厚，但一时之间不知该说些什么，愁眉苦脸愣在那里发呆。

此时，朝歌令吴质附在曹丕的耳朵旁悄悄道："父王要走了，你就哭吧。"曹丕正是满肚子的酸水，眼泪立刻扑簌簌地流下，哭得伤心极了。告别的时候，曹操和两旁看热闹的人都非常感动，认为曹植只是言辞华丽，远不及曹丕诚恳孝顺。曹丕又买通了宫里内外的臣子帮他说话，于是，在建安二十二年（217 年），曹操正式立曹丕为太子。

曹植本来就是个风流才子型的人物，不注意小节，如今既然当不成太子，更加随随便便。他曾冒犯禁令从司马门乘车出游。根据规定，司马门只有当天子的车子经过才可以打开，曹操为此气得发火。

再说曹操正在倡导节约，不准贵族妇女穿绣花的衣服。有一次，他站在铜雀台上眺望，赫然发现有一位女子穿戴得珠光宝气，大模大样地招摇过市，惹来许多人的指指点点，曹操很不开心，一查之下，这位爱出风头的女子不是别人，竟然是曹植的妻子，立刻下令将她处死。从此，曹操对曹植的印象更加恶劣了。

曹植失宠后，心里很害怕，他悄悄去找杨修商量。

杨修是三国时代有名的聪明人物，博学多才，最能猜到曹操的心事。在曹操攻打刘备的战役中，曹操进退两难，某天晚上在吃饭时，有个士兵进来请示晚上站哨的口令，曹操看了看盘中剩下的鸡肋，随口说出：“鸡肋，鸡肋。”

第二天，杨修开始收拾行李，他说：“我们要撤退了。”果然不久曹操传令班师。旁人问杨修怎么一猜便中。杨修回答：“鸡肋，食之无味，丢之可惜，主公用鸡肋做口令，我就知道要撤退了。”

就凭着善解人意的本事，杨修一步步教导曹植，该如何如何讨曹操的欢喜，又为曹植准备了许多“模拟猜题”，如果怎么问，便该怎么回答。

曹植七步赋诗，选自清刊本《三国演义》。

“模拟考”考多了，曹植果然一答就中。因为答得太好了，每次曹植上的报告正好合乎曹操的心意，多疑的曹操觉得其中大有问题，派人调查，发现是杨修在搞鬼。

糟糕的是杨修这人聪明外露，藏不住话，常能一语道破曹操的隐私，曹操很讨厌比自己更聪明的人。利用这个机会便把杨修杀了。

杨修死后，曹植更加郁闷消沉，经常以酒消愁。

不久，曹操去世，曹丕正式篡汉当上了皇帝，是为魏文帝。他对曹植始终心里存有疙瘩。一天，曹植上朝，曹丕故意半开玩笑，酸味十足地说："大家都夸你文思敏捷，现在我命你走七步后成诗一首，若是做不出来，当心我处罚你喔！"

七步后，曹植抬起头道："煮豆燃豆萁（qí），豆在釜（fǔ）中泣，本是同根生，相煎何太急？"意思是说用豆枝杆烧火煮豆子，豆子在锅里哀号，我们是同样的根长出来的，你何苦逼我逼得这么急迫？曹丕听了很惭愧，不好意思下手害曹植了。

这首《七步诗》自此流传千古，后人劝戒不顾手足之情，互争利害的同胞兄弟，常常引用曹丕、曹植的这段故事。

曹植·甄后·《洛神赋》

自从曹植在曹丕的逼迫下完成了《七步诗》："煮豆燃豆萁，豆在釜中泣，本是同根生，相煎何太急？"提醒曹丕顾念手足之情，不要苦苦相逼以后，曹丕有些儿惭愧，没有再下毒手。

曹植虽然保住了一条命，心里却异常苦闷，他从小所受的教育就是指导他将来如何成为一个好君主，为国家为人民谋福利；然而曹植虽然有心做事，曹丕却不肯给曹植任何施展才能的机会。曹植在黄初三年（222 年）被封为甄城王，四年（223 年）改为雍丘王，太和元年（227 年），封为浚（jùn）仪王……六年（232 年）为陈王，短短的十一年之间竟改封了六次。

曹丕的用意非常明显，他存心要曹植永远像浮萍一般，东飘西荡，居无定所。

其实，曹植虽被封为王，却很少行动自由。原来，曹丕即位以后，虽然分封兄弟子侄为王，但是，却严格规定，未经皇帝批准，不得随意外出封地之外，所以，连游山玩水都受到限制。

当然，诸王不能过问政治事务，随身卫队两三百人都由皇帝派遣去，卫队队长经常要向皇帝报告诸王的动态，所以，这些卫队名为保卫诸王，事实上是皇帝派来监视诸王的人。因此，魏朝的宗室形同高级囚犯，并没有政治势力。

曹植更加忧郁了。有一天，他走出了洛阳城，来到了洛水旁边，只见夕阳西下，烟波荡漾，两岸景物如画，在迷茫的黄昏暮色中，文思大发，回去以后立刻写下了《洛神赋》。在这篇文章中，曹植借着宓（mì）妃（相传是古代美丽的水神，为河伯的妻子），说明天上人间的相隔，写出了他高远的意境及热烈的感情。

曹植，选自清刊本《三国演义》。

或许这篇赋写得太感动人了，后人由此编出了一个美丽又凄惨的爱情故事。

这个故事的女主角甄（zhēn）后，是三国时代出色的绝代佳人。

甄氏本为袁绍的儿子袁熙的妻子，她的美丽脱俗远近驰名，因此，当曹操一攻进邺城便急着找甄氏，不巧被儿子曹丕抢先了一步。

曹丕攻进了袁府，看见一妇人披头散发地躲在袁绍夫人的背后哭泣，曹丕问：“这是什么人？抬起头来答话。”

等甄氏一仰脸，曹丕立刻为她流波四射的美丽眸子所迷住了，纳为夫人。

据说远在甄氏下嫁袁熙之前，她和曹植有过一段情，虽然甄氏的年龄比曹植大了十多岁，但真正的爱情又怎在乎年龄的限制，他们两人恩恩爱爱，比蜜还要甜。

后来，甄氏先嫁给了袁熙，又为曹丕所夺，曹植伤心得害了相思病，终日长吁短叹。

黄初四年（223 年），曹植入朝，此时甄后因年老色衰已为曹丕害死。曹丕在宴会过后，取出一个甄后用过的缕金带玉枕送给曹植，曹植抱着枕头，恍恍惚惚来到洛水之旁，忽然听到清丽悠远的乐声自远而近，在四面八方飘忽着。音乐停了。此时水面霞光万道，水中站着的正是甄后，她像凌波仙子般衣裙飘飘，冉冉而起，看起来比以前更漂亮，更动人，她幽幽地说：“我本来已把一片心都托付给你，无奈天不从人愿，这个枕头是我未出嫁前用的，送给你吧。”

说完话，甄氏便如一缕烟般消失了。曹植醒来，紧紧地抱着枕头，既高兴能得到一解相思情的信物，又悲哀从此再也见不到甄氏，不知不觉中枕头已被泪水浸湿了一大片，他感慨万千，提起笔

洛神，选自《吴友如画宝》。

来写下了《感甄赋》，后为魏明帝改为《洛神赋》。

从此，《洛神赋》成为家喻户晓的民间故事，曹植与甄氏也让后人一洒同情之泪。不过，历史上并没有记载这个故事，有许多学者考证此为无稽之谈。

有没有这段爱情故事并不重要，重要的是这篇伟大的文章——《洛神赋》，表现出曹植高超的文学修养，以及诗人特有的、多情的、浪漫的性格。可惜的是曹植死得太早，去世时才四十岁。

曹植字子建，因为封于陈，后世称为陈思王，所以曹植、曹子建、陈思王指的都是同一个人。东晋的大诗人谢灵运赞美曹植，天下才华一共才有一石，子建独得八斗，因此我们现在用“才高八斗”形容一个人才华盖世。

甄后为曹丕生下一个儿子曹叡，为日后的魏明帝。有一次曹叡随同父亲曹丕去野外打猎，发现了母子二鹿，曹丕的箭法准，一箭就射中了母鹿，转过头去说：“儿啊，快射那头小鹿。”曹叡啜泣着说：“陛下已经杀其母，我不忍再杀其子。”曹丕听了，放下弓箭，他明白曹叡的话中有话，责备他不该杀掉甄后，不禁面红耳赤说不出话来。

刘晔善于两面讨好

刘晔（yè）是三国时代的人，他的学问不错，口才很好。因此，被曹操看中，请他到朝廷中参预谋略。

和刘晔一块儿被征召的还有蒋济等五个人，人人都很兴奋。路上吱吱喳喳谈论个不休。从国家的用人方式，论到行军进退的调度，谈得口沫横飞，在车上谈，晚上在旅馆里也谈个通宵。只有刘晔，不管别人吵翻了，他总是在睡觉。

“怎么从来没见你开腔？”同行的蒋济终于忍不住问道，其他四人也投来疑惑的眼光。

“待会儿见了曹操，怕万一精神不济应付不过来，所以我要先睡饱了觉，养足体力。”

等到见了曹操，曹操问起扬州的贤人、敌人的形势，四个人争先恐后地发言，曹操笑着说：“别急，别急，一个一个慢慢儿来。”第二次见了曹操，四个人依旧抢着说话，只有刘晔，从头到尾没有开口。

蒋济等偷偷暗笑：“我说他不是什么养精蓄锐，根本是肚子里没有货色，不然为什么见了曹操也不开口，哈！”

只有聪明的曹操看出来，刘晔不是开不了口，而是不愿当着众人面表示自己的意见。于是私下里找刘晔详谈，一谈之下大为欢喜。不久，派了蒋济等四人为县令，特别把刘晔当心腹留在身边，每遇到疑难，立刻去问刘晔，甚且一夜之中去找刘晔数十回，刘晔摸准了曹操的心意，次次都能让曹操笑逐颜开。

以后，曹操、曹丕相继去世，魏明帝曹叡即位，刘晔在朝廷里始终很红。

魏明帝太和六年（232 年），诸葛亮屡次进攻，魏国损失不小，大将张郃（hé）也战败而死，明帝相当懊恼，想要大举进攻蜀国，以泄心头之恨。

朝廷内外大臣知道诸葛亮的厉害，都说："不可以，不可以。"

刘晔却说："行，行，行，怎么不行，而且我们一定把诸葛亮打得落花流水。"刘晔的口才很好，讲话活龙活现，就像诸葛亮已被绑在眼前。

刘晔的一番说辞，点燃了明帝的野心，恨不得立刻开拔，大大地干他一场。

中领将军杨暨（jì）向来反对开战，听说明帝准备不顾一切拼上去，气急败坏赶了来，喉咙都讲干了，明帝还是坚持要打，杨暨仍旧苦苦劝说着不肯离去。

"哎，你是书生，不懂兵事。"明帝脸一沉。

"对，我是不懂，但是，刘晔是先帝的谋臣，他也坚持不可打蜀国。"

原来，杨暨和刘晔的私交很好，常常谈起伐蜀的事，刘晔总是反对。

"那就奇怪了。"明帝把眉毛一挑，笑着说，"劝我去打蜀国的也是刘晔啊。"

于是，明帝找了刘晔来对质。在朝廷上，明帝再三问道："你是赞成攻打蜀国的，对不对？"

杨暨也频频催促："快把不可攻打蜀国的道理禀报皇上！"

奇怪的是，不管明帝责问也好，杨暨追问也罢，刘晔一直紧闭着嘴，脸上没有一丝表情，让人莫测高深。

因为逼不出半句话，明帝只好让刘晔告退。紧接着，刘晔溜到明帝跟前，挤眉弄眼道："这个军国大计，是何等的大事，我身受皇上恩宠，从不敢对外泄漏只字片语，皇上方才怎好再三追问？如果还未动兵，倒让那足智多谋的诸葛亮知道了，岂不糟糕？"

"对啊！怎么我没有想到。"明帝宽慰地拍着刘晔道，"幸亏你刚才守口如瓶。"

刘晔出了皇宫，见到杨暨，还不等他开口，就半带责备地说："你懂得钓鱼的道理吗？钓一尾小鱼，一下子就上钩了。钓大鱼，就要放长线，耐着性子等它上钩。皇上是天子，比大鱼还大，你只能尽自己的心力去劝他，他不听，你就要识趣，免得皇上不高兴。"

杨暨说："对啊，我怎么没想到啊，谢谢你刚才救了我。"

日子久了，刘晔两面讨好的事被人发现，偷偷跑去见明帝说："刘晔的为人善于投机，不是真的忠心，皇上不妨用相反的计划去试试他。"

果然，明帝发现，不论意见正反，只要明帝约略透露一点，刘晔便顺着心意去迎合，他永远没有自己的主张、自己的看法，更不会为了国家的利益力争到底。从此，明帝渐渐疏远刘晔。

明帝的态度一天天冷淡，刘晔的心里一天天不安，最后，竟然发了神经病，忧郁而死。

泥土夹心门

上回讲了一个最会拍马屁逢迎，嘴巴最甜的刘晔的故事，今天再说一个最不懂得拍马屁的人——张昭的故事。

张昭是三国时代吴国的老臣，曾为孙策所重。孙策去世以后，孙权即位，张昭以年老多病退休，然而遇到军国大事，仍然被请上朝廷。

孙权身材魁伟，力大无穷，喜欢打猎，骑马追射老虎，老虎经常猛扑而来，攀持马鞍，张牙舞爪，似乎一口要把孙权吞下。孙权认为这个游戏紧张、刺激、冒险又过瘾，乐此而不疲。

有一天，张昭看到孙权与老虎缠斗的惊险情景，吓得拍着胸，喘着气道："一个为人君者，要能够驾驭（yù）群雄，驱使贤臣，才算是有本事。像你这样在原野上与老虎驰逐算什么，万一出了什么意外，反而为天下人所耻笑。"

孙权尴尬地笑着道："我年纪轻不懂事，深深感到羞愧。"

话虽如此说，这个游戏太好玩了，孙权可舍不得放弃。他设计了一部"射虎车"，车上开了一个四四方方的洞，中间不加盖子，他一个人驾着射虎车到处跑。时而有离群的野兽突击这部车，孙权就赤手空拳相搏斗。

张昭再三劝阻："太危险了。"

孙权笑笑不答，但孙权心里对张昭仍然是敬畏三分。

一次，孙权在武昌，登钓台，喝酒喝得酩酊大醉，歪歪倒倒笑

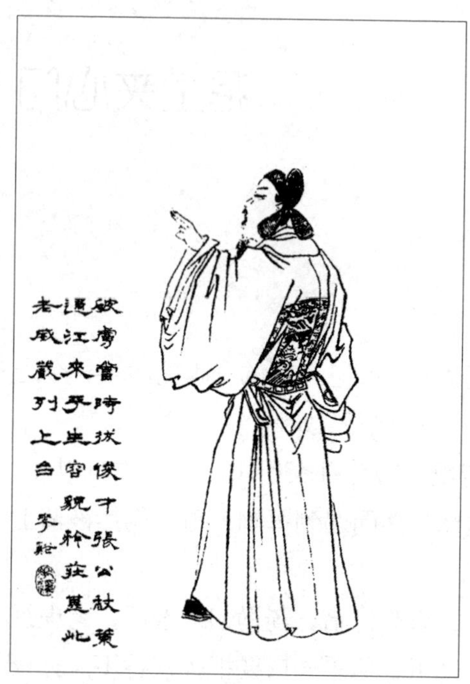

张昭，选自清刊本《三国演义》。

呵呵地说：“大家今天要喝个痛快，只有醉倒钓台中，才可以停止！”

说着，孙权派人用水泼群臣，胡闹成一团。张昭看了，一句话不说，铁青着脸走出去，冷冷地坐在车中生闷气。

孙权派人把张昭找回问道：“大家乐乐无妨，干什么发这么大的脾气？”

“以前纣王制酒池肉林，长夜痛饮，当时也觉得没什么不对啊。”张昭毫不留情地指责着。孙权答不上话，面红耳赤，停止了酒会。张昭每次上朝，辞气壮厉，脸上透着一股正义之气，使人不敢侵犯。

有段时间，因为顶撞孙权，宦官不许他上朝。

蜀国的使臣来吴国，称扬蜀国，大吹大擂了半天，吴国的臣子只有乖乖听训。孙权叹气道：“假使张公坐在堂上，蜀使只有垂头丧气，哪还有他自夸的份儿？”于是又请张昭上朝。

这个时候，辽东地方的公孙渊派了一个代表到吴国来，说要奉表称臣，信里写得非常客气。孙权高兴得不得了，即刻派人备厚礼前往辽东，封公孙渊为燕王。

张昭接到消息，拄着拐杖上朝，反对孙权的计划，认为公孙渊不可靠，万勿上当，和孙权在朝廷上辩论起来。

孙权按剑大吼：“吴国的士人入宫则向我下跪，出了宫门则拜见你，我对你的尊敬可以说到了顶点，而你竟然三番两次在群臣前侮辱我，我忍无可忍了啊！”

张昭听了，脸色发白，张大了眼睛瞪着孙权，过了许久，才颤抖着说：“我知道我的话不中听不被采纳，我还是尽心竭力效愚忠，实在是因为太后去世前，把我叫到床前遗诏托命啊。”这段话讲得披肝沥胆，张昭老泪纵横，孙权也放声大哭，把剑摔在地上。

可是孙权毕竟没有接受张昭的意见，派了两个使者去辽东。张昭气愤之下，托病回家。

孙权恨死了这个老顽固，派人用泥土堵塞了他家的大门，意思说：“你这老骨头死在里面也罢。”

张昭的脾气也大，他找了泥水匠来，在自己门内又加了一道泥土，把整个门涂得像夹心饼干，怒气冲天指着门发誓：“我就是死在家里也绝不上朝。”

吴主孙权，唐阎立本绘。

以后，不出张昭所料，公孙渊非但没有诚意，而且把孙权派去的两个使者杀掉了。孙权才明白张昭的一片忠诚，心中非常懊恼，派人去向张昭道歉、慰问。

张昭赖在床上就是不理。

孙权亲自拜访，张昭还是不肯下床。

“好，你不出来，我有办法。”孙权禁不住心头火起，派人在张昭门口堆了柴草，放火烧门。

张昭却依然不肯动一步。孙权又差人灭了火，再次慰问，张昭的家人怕张昭做得太过分，子子孙孙把张昭前呼后拥地扶了出来，君臣相见，一场误会才算冰释。

张昭的做法也许太过激烈，但他为了争原则，争国家的光荣，拼着脑袋搬家的危险仍然坚持不改，这种择善固执、嫉恶如仇的态度值得我们效法。

神童王粲

在三国时代，由于曹操父子喜欢诗歌创作，而加以奖励提倡，因此当时虽然政治上一片紊乱，文学上却非常光明，有所谓“建安七子”（在汉献帝建安年间的七个文学领袖），王粲（càn）就是七人之中拔尖的。

王粲的家世显赫，大将军何进想高攀这门亲事，选王粲做女婿，王粲的父亲不肯答应，因而辞职，把王粲带到了长安，那一年他十四岁。

王粲是个天才儿童，文学修养深厚，当时的文坛领袖蔡邕对他相当器重。

蔡邕的声名很大，家中车水马龙，天天宾客盈门。

有一天，大家正恭敬地聆听蔡邕批评某篇文章的优劣，忽然，门外有人说：“王粲来了。”

“真的？太好了！”

蔡邕慌慌忙忙站起来，连鞋子也没有穿好就直往前撞。

大家不知来了什么稀客，值得蔡邕如此器重，也纷纷顾不得穿鞋，一窝蜂挤去看热闹。

“就是这个小子啊！”

王粲走了进来，矮小瘦弱，相当难看。三国的风气，很注重男子的容貌，宾客们心里不免失望。尤其王粲的态度随随便便，更让人看不顺眼，不自觉露出鄙夷的眼光。

蔡邕也看出众人心里的想法，他把王粲拉近身旁，用兴奋的语气向大家宣布："各位，这就是王粲，他的才华连我都配不上哩。"

喔？众人的目光一起向王粲上上下下打量着，怎么也看不出其貌不扬的王粲有何特异之处。

这段故事就是我们常见的成语"倒屣（xǐ）迎之"的出处，屣是鞋子。用来形容贵客来拜访，连鞋子都来不及穿，急急忙忙跑去相迎。

王粲有一个特殊的本领——过目不忘。

一天，他和朋友到野外散步，看到道旁有块碑文，走了几步以后，王粲的朋友问道："你记得刚才我们看到的碑上写些什么吗？"

"当然！"

他的朋友不相信，拉着王粲跑回碑前，王粲仰着头，一口气滔滔汩汩背了出来，竟然一个字也没错。

又有一次，王粲背着手看人家下围棋，其中一方不小心把棋盘碰乱了，说道："抱歉，这一局没法子玩下去了。"

"没关系，我帮你们摆回原来的样子。"王粲热心地说。

下棋的二人同时抛来白眼道："别开玩笑了，你有本事就在另张桌上摆一盘和现在一模一样的。"说着，用手帕蒙住了棋盘，存心捉弄王粲。

王粲抓起白子、黑子，一会儿工夫就摆好了，等到两位朋友掀开手帕，互相一对照，吓得嘴巴张得大大，一句话也说不出。

他在十七岁那年受命为黄门侍郎。然而因为时局太乱，辗转逃出了长安，投奔荆州的刘表，原因是听说刘表十分欣赏有才学的人。

刘表虽拥有爱才的美名，却并不能任用贤人，他先前由于蔡邕的大力推崇，对王粲抱以厚望，等到发现王粲竟是这般不起眼，马上兴趣全失，脸色阴暗了下来。

王粲满怀希望而来，却被浇了一盆冷水，待了许久，一官半职都没有等着，忧郁烦闷，信步走到楼上，眺望远处，想起了种种失意的悲痛，写下了生平的代表作《登楼赋》。

在《登楼赋》中，王粲道尽了游子的心声，写出了有家归不得的痛苦，深刻而细腻，即使在今天，人们看了仍会勾起一阵乡愁。

后来，刘表去世，其子刘琮继为领袖。刘琮是个软弱无用的人，王粲劝他降曹操，刘琮果然降曹，使得曹操不费一兵一卒占有了荆州。

曹操为了奖励王粲，立刻赐以关内侯的爵位，曹操在汉水之滨设宴庆功，王粲站起来敬酒，献媚地说：“你真是英雄啊，真是三国的开国之君啊！”猛拍马屁，肉麻极了。

王粲虽然长相不讨人喜欢，但他在文学上的成就是有目共睹的。然而王粲的巴结曹操颇为后人所不齿，因为我们中国人讲究的是言行合一,一个人如果没有道德，文章写得再出色也为人所轻。

司马懿演技精湛

自从诸葛亮去世以后，魏明帝曹叡去除了一个心头大患，加上吴国连连吃败仗，明帝得以高枕无忧，尽情享受。

明帝找来了一个叫马钧的，在九龙池中做水转百戏。（就是用木偶做成的各种人物禽兽，女乐吹箫，优伶击鼓，斗鸡舞象，利用水力开动，使各种木偶做出优美的姿态，栩栩如生，好看极了。）明帝贪色，宫中从妃嫔到洒扫的女工，个个貌美如花，共有数千人之多。

明帝因为沉迷于逸乐，弄得身体很坏，才三十多岁已经病得很严重，到景初三年（239 年），益发不能支撑。由于明帝没有儿子，抱养了八岁的齐王曹芳为儿子。

到了这一年的冬天，明帝是一天比一天衰弱，他把平日最亲信的两个臣子刘放、孙资叫到床前："依你们看，有谁可以为幼主辅佐政务的？"

此时，曹爽（曹操的族子）正低着头伺候在一旁，刘放、孙资互相使了一个眼色，刘放就上前一步道："曹爽。"

"我？"曹爽吓了一大跳。

曹爽头上的汗珠一滴一滴沿着鼻梁流下，呆若木鸡，刘放蹑着脚走到曹爽耳旁："请放心，我们会拼死帮助你的。"孙资又在旁边帮腔："如果陛下觉得曹爽太年轻，司马太尉老成谋国，可以与曹爽共担大任。"

司马太尉指的是魏国的大将军司马懿，明帝对他很有信心，于是，拜（拜是古时候任官的意思）曹爽为大将军，并且紧急飞传司马懿进京。

司马懿快马加鞭赶到京城，明帝只剩下最后的一口气了，他望见司马懿，眼泪立刻像断了线的珠子般流下：“我希望你和曹爽共同辅佐少子，唉，我忍死拖在这里，就等着和你见最后一面，现在总算见着了，我可以去了。”说着唤人把曹芳找了来，搂着司马懿的脖子亲热一番，司马懿跪在床前，哭得抬不起头，明帝就一命呜呼了。

司马懿乃曹操手下的一员大将，足智多谋，立过许多战功，可是，曹操不让司马懿升迁到很高的官位，这是因为司马懿长了一副“狼顾”之相。所谓“狼顾”之相，就是一个人能把自己的脑袋向后转一百八十度，像狼的头向后转时，鼻子可以和尾巴同一个方向。

中国人的相书里认为，有“狼顾”之相的人会反复无常，不可信赖。曹操相信相人之术，所以不敢重用司马懿，等到曹操死后，曹丕才重用司马懿，到魏明帝时，司马懿成了魏国最高官职的武将。

曹芳即位，他是八岁的小孩子，什么都不懂，政权落入了曹爽及他身边一批人手中，司马懿只有太傅的空名，没有实权。为了避免和曹爽起冲突，司马懿便请病假在家中休养，足不出户，曹爽摸不透司马懿在弄什么玄虚，见不到司马懿的面，也不知司马懿是真的病了还是装病。

过了好几年，曹爽的心腹李胜升为荆州刺史，临走之前去司马懿府上辞行，他发现曾经叱咤一时的司马懿真的是老了，白发苍苍，面色死白，喉头的痰“呼噜、呼噜”响个不停。

司马懿见到李胜来了，命两个婢女帮忙穿衣，衣服才披上，又掉落在地，司马懿连扶住衣服的力气都没有，神色沮丧地说：“我口渴了。”两个婢女捧着一碗粥喂司马懿喝，他在碗边啜了一下，不但未曾下咽，反而从嘴角流了出来，一直流到胸前，李胜看了，想起司马懿当年在沙场上的英勇，如今落到这般光景，心一酸，眼眶也湿润了，叹着气道：“我听说你的旧病复发，没想到如此严重。”

司马懿挣扎了半天，才气喘吁吁道：“老喽，活得过今天，拖不到明天，听说你要去并州，并州那儿胡人多，要当心啊，咱们今天是最后一次相见了。”说着，眼泪爬满了脸。

“我很幸运的担任荆州刺史，不是并州。”李胜急急忙忙地解释。

“什么？”司马懿侧着耳，不解地问。一连听了好几遍才弄清楚是荆州，不免摇头叹息，“人老了，耳朵也不中用了。”

接着，司马懿又说道：“我有两个犬子，司马师、司马昭还要请你以后多多关照，我恐怕不成了。”说着，又流下眼泪，真像是临终托孤一般，李胜看了，心里也很难过，安慰了司马懿几句，便匆匆告辞了。

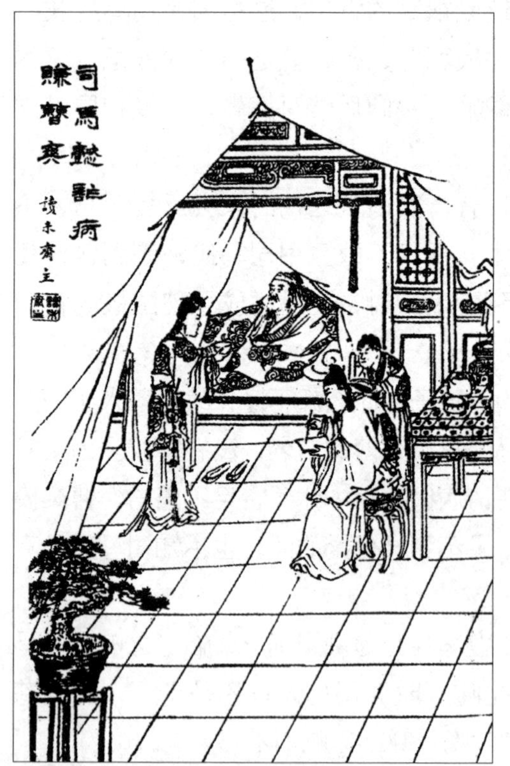

司马懿诈病赚曹爽，选自清刊本《三国演义》。

李胜辞别了司马懿，

立刻禀报曹爽："司马懿病得厉害，老迈不堪，早晚就要断气了。"听到李胜的报告，曹爽便放松了对司马懿的警戒心。

魏正始十年（249 年），曹爽带着曹芳离开京城去扫墓，回到洛阳城，突然发现城门紧紧地闭着，听到整个洛阳城已经被司马懿父子占领了。

"怎么可能？"曹爽着急地拍着头，"他不是快死了吗？"后边那句话声音很低，因为曹爽已经恍然大悟，司马懿以前的行为是为了让曹爽对他放松戒备啊。

原来，司马懿听说曹爽出城去扫墓，城内只留下一些守备的军队，这些军队的将领都是司马懿的旧部下，司马懿立刻召集将领们，宣布将城门紧闭，然后，亲自去皇宫里见太后。

这时，司马懿一点病态都没有了，李胜所看到的一幕，其实是司马懿在演戏，李胜竟中了计，以为司马懿真的老病不堪。

在司马懿的威胁之下，太后下了一道命令，指出曹爽许多罪状。司马懿派人将太后的命令送到城外。

曹爽接到太后的命令，吓得手足无措，这时，司马懿又派了一个心腹来见曹爽说："只要大将军（指曹爽）自动辞去所有的官职，放弃一切权力，太傅（指司马懿）保证大将军可以做一个富家翁。"

此时，大司农桓范建议曹爽："怕司马懿干什么？别忘了，天子还在你的手里，你可以保护天子到许昌，然后号召天下共同对抗司马懿啊！"曹爽踱着方步，走来走去，走了一天，终于下定决心道："我的家眷都在京城里，他们会被司马懿杀掉啊！算了，我把所有的权位都让给司马懿罢！纵使不做官，反正我总还是个富家翁。"

回到京城，曹爽把所有官职都放弃，政权由司马懿控制，曹爽做了无官的"富家翁"。但曹爽这个"富家翁"日子很难过，司马懿在曹爽家中四个角落，搭起了四座高楼，每座高楼上驻了两百名兵士，严密地监视着一切。

曹爽有一天闷得发慌，百无聊赖地走到后花园散步，楼上的兵士便一起高声地叫道："前大将军东南行！"他一抬头，发现兵士们都虎视眈眈盯住他。曹爽转身向东北走，东北角高楼上的士兵便大叫："前大将军东北行！"曹爽气得不得了，但是，高楼搭在围墙之外，自己又是一个没有官职的老百姓，怎有权力把高楼拆掉？想来想去，只好忍着气回到屋里。

司马懿的用意，原是想给曹爽精神压力，曹爽承受不住，也许会自杀了事。不料，曹爽真能忍耐，始终未曾自杀。司马懿决心除掉曹爽，便翻出了曹爽以前的过失，处以死刑。

曹爽死后，司马懿大权独揽，埋下了司马氏篡魏的种子。